大美汀州

TINGZHOU

长汀映像

主　编　叶志坚

执行主编　李文生　叶海文

社会科学文献出版社

SOCIAL SCIENCES ACADEMIC PRESS (CHINA)

序一

"一川远汇三溪水,千嶂深围四面城。"闽赣边陲要冲,一条唤作"汀江"的客家母亲河,孕育了一座古老而又美丽的山城——长汀。我对长汀的认识、了解以及倾慕由来已久,在省里工作时,就曾多次到长汀,感受到汀州客家文化的淳朴厚重、博大精深。及至履新龙岩,又几经访汀,饱含中原韵味的客家文化,丰富多彩、开放包容的风俗文化,彪炳史册、光照千秋的红色文化,天人合一、自然和谐的生态文化,让我深受感染和教育。

长汀,历史悠久、底蕴深厚,是久负盛名的历史名城。"唐宋元明清皆谓金瓯重镇,州郡路府县均称华夏名城",从盛唐到清末,长汀都是闽西的政治中心、经济中心、文化中心。遥想当年,"十万人家溪两岸,绿杨烟锁济川桥",商船码头、桨声篙影,"上河三千,下河八百",一片繁华景象。古城墙、古城楼、古井、试院、文庙、天后宫、城隍庙等古迹,以及传统街区、家祠家庙、会馆、民居历经千年风雨古韵犹存,时刻诉说着古城汀州的过往,见证着古城汀州的辉煌。

长汀,文化厚重、璀璨多姿,是享誉中外的客家首府。自晋代"永嘉之乱"以后,客家先民背负中原文明,衣冠南渡,筚路蓝缕,将中原优秀文化带到闽山汀水,融入血脉、赋予浓情、世世沿袭、代代传承,凝结成独具魅力的汀州客家文化，使长汀成为客家传统艺术的策源地和传播中心。客家母亲河——汀江静静流淌，孕育了一代又一代客家儿女，而作为客家人发祥地和大本营的汀州，亦被誉为世界客家首府，成为海内外客家人寻根谒祖的圣地。

长汀，星火燎原、红旗不倒，是光耀神州的红军故乡。朱德总司令曾感慨道，在长汀的意外战果，是革命发展的转折点。土地革命战争时期，以毛泽东为代表的中国共产党人，在长汀进行了伟大的探索和实践，留下了红军入闽第一仗、红军第一个军团建制、中央苏区第一所红军医院、红军第一次统一军装、红军长征第一村等革命斗争史迹。中华苏维埃国家银行福建分行、闽西工农银行、中华贸易公司、中华纸业公司、中华织布厂、中华运输管理局福建分局等金融贸易机构相继在汀设立，长汀成为中央苏区的经济中心，被誉为"红色小上海"，对粉碎国民党反动派对中央苏区的经济封锁，发挥了巨大的作用。

长汀，山水秀美、景色怡人，是宜居宜业的生态家园。中华人民共和国成立以来，长汀人民持续发扬"滴水穿石，人一我十"的精神，采取一系列措施治理水土流失。特别是近年来，长汀人民牢记习近平总书记"进则全胜，不进则退"的嘱托，在更高起点上打造"长汀经验"升级版。昔日的火焰山，如今森林茂密、瓜果飘香，变成了花果山，实现了荒山到绿洲的华丽蜕变。长汀水土保持和生态建设的成功实践，被誉为"我国南方地区水土流失治理的一个典范"。

"追昔是要抚今，继往更需开来。"这些历史的足迹和时代印记，属于长汀，属于53万长汀人民，也属于闽西300多万老区人民，更是中华民族悠久灿烂文化的重要元素，历久弥珍。我们需要有这样一种书，从既往的实践探索中，记载城市的变迁、进步与成就，留住身边的美好，珍藏和重拾那些珍贵的记忆。"大美汀州"丛书由此应运而生，该丛书分《历史名城》《客家首府》《红军故乡》《生态家园》《长汀映像》5辑，上溯文明发端、下迄今日辉煌，是深度挖掘、高度提炼、广度宣传长汀悠久历史和灿烂文化的力作，也是系统反映长汀发展、全面反映长汀历史的百科全书和资料性文献。相信该丛书的推出，定将有益于引领广大读者走进长汀这座"客家博物馆"，汲取艰苦奋斗、开拓奋进的正能量；有益于提振广大闽西人民的精气神，使闽西人民以更加奋发有为的状态投身改革发展大潮，向全面建成小康社会的宏伟目标奋勇前进。同时，也期许有更多此类作品出现，更好地传承客家传统文化和红色基因、弘扬客家精神和红色传统，为建设机制活、产业优、百姓富、生态美的新龙岩做出新的更大贡献。

是为序。

中共龙岩市委书记　李德金

2016 年 7 月

故事纷呈绘华章

　　一大摞文稿集结成 5 本样书摆在案头，拜读一遍后的印象是：厚重、精彩、气势恢宏；5 本书从多个分支文化的角度讲述了引人入胜的长汀故事，组合成洋洋大观之"大美汀州"丛书，我当为策划与编撰者点赞！

　　福建西部、闽赣边陲、武夷山南段，有一片 3099 平方公里的神奇土地，这里千山竞秀、群山叠嶂，物华天宝、人杰地灵。这便是古置汀州、今为长汀县的我的家乡。这片热土，始拓蛮荒、石器发蒙、汉代建属、西晋置县、盛唐开州，至宋元明清设置，均为州郡路府衙署，遂为八闽客家首府，"阛阓繁阜，不减江浙中州"。在漫长的历史文明进程中，汉族客家民系客家人于此聚族生息、客居安家，孕育了勤劳智慧勇敢敦厚的汀州儿女，衍生了历史名城文化、客家文化、红色文化、生态文化、美食文化、乡土文化等文化基因，促成了汀州这片神奇乡土的繁华与荣光，书写了大美汀州无穷的传奇故事。

　　作为文明发祥勃兴之地，自蒙启鸿荒而生生不息，毓炼着人类文明秉性，穿越青史风尘而告别昨天来到今天。天缘地幸之汀州古城，便理所当然要成为国家级"历史文化名城"。1000多年前盛唐的那位"太平宰相"张九龄做客其时汀城"谢公楼"后，情不自禁写下《题谢公楼》，由此使谢公楼铭刻于文学、铭刻于历史。更甚者，这位曲江公竟要将汀州与他深爱的故土相比，不得不说："景色虽异，各有千秋，此地不亚于岭南风光。"这就是名城之历史、历史之名城！曾有人百思不解汀城的"十二城门九把锁"，京城才有"九门"呢！还有那"观音挂珠"的城池，好像在张开博大胸襟、笑吟吟迎接客人。唐宋城楼、明清古街，如是历史文化加名城，实至名归矣！

当年南迁汉民，披荆斩棘、筚路寻梦，在困境之际，是汀州母亲接纳抚慰了他们，从而得以安身立命、养欣一方。于是，飘零的心在这里依偎，暖融融的炊烟在这里升腾，文明的薪火在这里燎燃。于是，发源于此的汀江成为客家母亲河，世界客属循年聚此公祭朝拜，客家人用慈茂恩深的赤诚，熔铸了慎终追远、博大雍容的客家文化风情。

1938年，国际友人路易·艾黎来到长汀创办了"中国工业合作协会"，一番考察之后感叹："中国有两个最美丽的小城，一个是湖南凤凰，一个是福建长汀。"是啊，长汀至美，"一川远汇三溪水，千嶂深围四面城"，风光旖旎、诗情画意，山、水、城、景、街、居均富古韵，怎不让人流连忘返。而那城建格局与景观形成的"三山对三景，三水一轴线"，使城在山中，江在城中，真道是：水为根、绿为主、文为魂、人为本，怎个"最美丽的小城"了得！

1937年，朱德总司令在延安深切地对采访他的史沫特莱直言，在长汀的意外战果，是革命发展的转折点。[1]当年长汀的"闹红"，曾使党中央把长汀作为"首都"的首选地，后来长汀成了红色政权的"经济首都"，作为苏维埃共和国的"第一市"，被誉为"红色小上海"。苏维埃的几十个"第一个"在这里诞生，建立新中国的几十位元勋，包括毛泽东、周恩来、

---

1 转引自〔美〕艾格妮丝·史沫特莱《伟大的道路》，梅念译，东方出版社，2005，第288页。

刘少奇、朱德、邓小平、陈云等，均在这里留下战斗的足迹，长汀被称为"毛泽东思想策源地之一"，也是长征征程的"出发地之一"，更被红军战士们亲切地称为"红军故乡"。毛泽东喜欢红色，"红旗跃过汀江""风展红旗如画"，红色是中国共产党人革命的代名词。长汀是孵化红色文化的红土地，是革命的人们抒发红色情怀、传承红色基因、弘扬红色精神、释放红色能量的"红色家园"。

中国人特别推崇的"五行"文化思想中，有两个基本元素，这就是"水"和"土"。如放到人类生存的地球来考量，火（能源）、金（矿产）、木（森林）、土（土壤）形成的是"大土地"，它与"水"组成了辩证关系。所谓"五行"，实际是讲人与大自然的关系在很大程度上不过就是"水土"关系。于是便有了"服水土""一方水土养一方人"等格言。上苍恩泽，长汀原本属于水资源还算丰富的地方，处于中亚热带季风气候区，多年平均降水量达 1737 毫米，年平均水资源量有 41.57 亿立方米，流域面积50 平方公里以上的河流有 17 条，地下水资源也还丰富。从"土"的情况看，地貌以低山为主，低山丘陵占总面积的 71.11%，其中红壤占 79.81%。可见，长汀的"水"与"土"相辅相成，原本是"水土相服"，故才有了较佳的生态系统，才构成了那一派郁郁葱葱的"田园风光"。然而，事情总有两面性，长汀的生态环境也隐藏着特殊的脆弱性。其一，在气候方面，降水集中，年际变化又大，且多暴雨，常造成大面积的洪涝崩山，自然灾害不断；其二，在地质与土壤方面，由于境内成土岩主要为砂质岩、泥质岩、酸性岩类，其风化物发育而成红壤和黄壤，一旦坡地植被遭受破坏，土壤侵蚀就迅速加剧；其三，在地形方面，地貌类型以丘陵、低山为主，恰好最易造成水土流失。加上人为的战乱、乱砍滥伐、无度开发等因素加重了植被人为破坏，从而使长汀成了我国南方花岗岩地区水土流失最为严重的区域，"柳村无柳、河比田高"，水土流失面积最高曾达到全县国土面积的 31.5%。

有着战天斗地精神和革命传统的长汀人民，于是展开了顽强的水土治理的长期抗争。尤其是改革开放以来，几十年的薪火不断。1999年时任代省长的习近平同志提出："要锲而不舍，统筹规划，用10年到15年时间，争取国家、省、市支持，完成国土整治，造福百姓。"一场水土治理攻坚战全面打响，终于赢得了春华秋实。2012年1月8日，习近平同志做出批示："要总结长汀经验，推进全国水土流失治理工作。""长汀经验"继而传遍神州大地。几十年来长汀人民坚守励精图"治"信念，谱写了一篇篇感天动地的水土治理华章，描绘着长汀"生态文化"的传奇。

《列子·天瑞》中有句话："有人去乡土、离六亲、废家业。"自此，乡土二字便与一个人的出生地关联起来，乡土也被叫作故土、本土，每个人提到这二字都会感觉是那样的亲切、温馨，也希望获得与乡土有关的文化知识。我清楚记得在中学初中阶段，历史老师给我们这些青少年讲授"长汀乡土文化"的情景。睿智的老师还自行编了本薄薄的"长汀乡土知识教材"，带领着我们去参观城郊的"蛇王庙"、城里的"天后宫"，生动地为我们讲述汀州奇特的"严婆崇拜"等。于是，长汀的乡土文化便扎根在我们细嫩的心灵中、发芽在我们的心田里；于是，故土庄严、家乡情结伴随着我们的人生。

是的，一个人出生地相关的历史地理、民俗风情、传说故事、古建遗存、名人传记、传统技艺、村规民约、家族家谱、古树名木等，对于生于斯长于斯的人们来说，具有通灵之性，能陶冶情操、传承渊源，这便是作为文化一个分支的"乡土文化"。乡土文化是中华民族得以繁衍前行的一种精神寄托和智慧结晶，是民族凝聚力和进取心的一种重要动因，是区别于其他文化的唯一特征，是难以替代的无价之宝。长汀是乡土文化的肥沃之土、天成宝库。难能可贵的是，丛书对此也占有一定的分量，体现出长汀的文风丕振、福地洞天。

长汀故事的素材何其多、何其足，长汀有着讲不完的故事！如今，人们可以通过这套丛书去深情领略、细细品味，感心动容地去抚摸这"大美汀州"。谨此，我们要真诚感谢福建省委党校和长汀县的主事者及丛书的所有写作者们。

一年多前，曾有媒体将当年路易·艾黎所盛赞的中国两个最美小城做出对比，写出专文《从凤凰传奇，看长汀能否重生》。文中指出："同样是外国友人眼中的最美小城，如今凤凰古城已经是全国鼎鼎大名的旅行地，相比之下，闽西长汀的知名度相距甚远。"

真乃一语中的！"相距甚远"的原因自然多多，主客因素也诚然不少，但这"知名度"的差距的确也是关键所在。

习近平总书记一再倡导讲好中国故事，并亲身践行，他强调要提升我国软实力，讲好中国故事，做好对外宣传；还特别指明，文艺工作者要讲好中国故事、传播好中国声音、阐发中国精神、展现中国风貌，让外国民众通过欣赏中国作家、艺术家的作品来深化对中国的认识、增进对中国的了解。总书记提出的这个重要命题，值得我们认真领悟。治国如是，地方治理亦然！故事比那些抽象的概念、直接的宣示更吸引人、感染人，也更让人深悟其中之道。会讲故事是一种能力、一种水平，各级领导尤应有这种智慧。我们欣喜地看到长汀主事者们的这种能力、这种水平、这种智慧，真乃家乡幸甚！

丛书主编方再三邀我写序，盛情难却，写下这许多，就教于读者。权以为序。

谢先文

2016 年 5 月 1 日于福州

序二

"天下水流皆向东，唯有汀水独向南。"汀江水悠悠流淌，庇护着客家人开基、创业、繁衍、生息……汀州城枕山临溪，默默承化，成就了历练千年的历史名城、名扬天下的客家首府、光耀神州的红军故乡和红军长征出发地、南方水土保持的典范。

汀州，向来从容淡定，以自身的魅力连接历史，走向未来。窄窄的街巷、仄仄的青石板诉说着历史的沧桑。汀州，自唐始设州，至清末均是州、郡、路、府所在地，古代闽西的政治、经济和文化中心。不必说"十万人家溪两岸"，不必说"十二城门九把锁"，这些都不足以描绘当年她那万商云集、车水马龙的繁盛景象。就单单那规模宏大的汀州古城墙、精美绝伦的汀州试院、独具匠心的汀州文庙、古色古香的店头街……历经岁月淘洗愈显古韵风情。难怪新西兰国际友人路易·艾黎发出这样的感叹"中国有两个最美丽的小城，一个是湖南凤凰，一个是福建长汀"。

历史选择了汀州，汀州选择了客家。"永嘉之乱"后，成千上万中原汉人为了躲避战乱、灾荒，衣冠南渡，几经跋涉来到汀江流域开拓创业，历经三次南迁，后定居于汀江流域，在与原住民相互融合中，最终形成汉民族中一支独特的民系——客家。漫步在古家祠、古家庙、古会馆、古府第等客家建筑群中，悠扬的客家山歌从远处传来，淳朴的客家民风映入眼帘，诱人的客家美食香气扑鼻，你会知道汀州与客家已完美融合在一起。重重叠叠的大山没能挡住汀州客家包容的胸怀、开放的目光，客家人沿着汀江乘风破浪，遍布五湖四海，成为世界上分布最广的民系之一，从此客家母亲身负襁褓、翘首以盼的慈祥形象成为客家人永远的乡愁。

汀州定然没有想到，会与红色结缘，成为叱咤风云、造就英雄的革命圣地。1929年1月，毛泽东、朱德率领中国工农红军第四军，从井冈山出发，3月入闽，并在长岭寨取得了红四军入闽第一仗的重大胜利，一举解放了汀州，建立了中国第一个红色县级政权——闽西苏维埃政府，红军在此得到补充休整和发展壮大。数万汀江儿女义无反顾参加红军，开始了震惊中外的万里长征。在血与火的洗礼中，仅长汀县就有在册烈士6677人，涌现了张赤男、罗化成、段奋夫、王仰颜、陈丕显、杨成武、傅连暲、童小鹏、梁国斌、黄亚光、张元培、何廷一、吴岱等许许多多无产阶级的忠诚战士，他们和长汀人民一道为中央革命根据地的创建和红军长征的胜利做出了巨大牺牲。

历史的光环一直引领着汀州百姓，先辈的精神一直激励着老区人民。作为我国南方红壤区水土流失最严重的县份之一，长汀人民始终"听党的话，跟党走"，用三十年坚守一个绿色梦想，用三十年诠释一种长汀精神，用三十年总结一条长汀经验。"滴水穿石，人一我十""党政主导、群众主体、社会参与、多策并举、以人为本、持之以恒"，历史再一次把汀州推向舞台中央。2011年12月10日和2012年1月8日，习近平同志先后两次就长汀水土流失治理和生态建设做出重要批示，长汀实践也被水利部誉为福建生态省建设的一面旗帜、我国南方地区水土流失治理的一个典范。

美哉，汀州！令人神往的山，令人陶醉的水，令人留恋的城；壮哉，汀州！让人沉思的底蕴，让人赞叹的文化，让人景仰的精神。"大美汀州"丛书是了解汀州的一个窗口，是一部生动的地方人文教科书，在新的历史时期具有重要的现实意义和时代价值。相信该丛书的推出，定能激励和鼓舞全县 53 万老区人民坚定长汀自信，在新长汀建设征程中再续传奇、谱写华章。

中共长汀县委书记　廖深洪

2016 年 7 月

目录

CONTENTS

第一章
客家之魂

|大美汀州|长汀映像|

● 汀城概貌

中国有几座山城？没有人能说出个子丑寅卯，不过，路易·艾黎心仪的两座山城，甚多的人知晓：一座是沈从文笔下的湘西凤凰，另一座是客家首府福建的长汀。长汀又名汀州，据《汀州府志》与《龙岩地区志》记载，唐开元二十四年（736年），汀州正式置州，管辖长汀、黄连（今宁化）、新罗（今龙岩、漳平、永定三县），那时的汀州，与福州、建州（今南平市建瓯市）、泉州、漳州并称"福建五大州"。

第一节
客聚汀州

　　客家首府不是自封的,而是历史形成的。何谓"客家"? 据《辞海》"客家"词条载:"汉族的一个支系,保存着中原古音,晋末从北方迁移到南方的。"[1] 另有资料称,西晋永嘉起,中原一部分人,因战乱南徙渡江,至赣、粤北等地,被称"客家"。由此可知,自西晋永嘉之乱起,中原战乱,民无宁日,引起了中原汉人大迁徙。还有资料称,历史上有过五次规模较大的中原汉人南迁(分别发生在安史之乱、黄巢起义、金人入宋、元兵南下、清兵入关之后)。时赣南称虔州,交通相对闽西便利,是兵家常争之地,唯闽西汀州各县由于特殊的地理位置和环境条件,侥幸未受兵乱,是避难安居、移民安生之乐土。据李吉甫《元和郡县志》载:"唐开元时有二万九千六百九十户,近十万人入闽。"[2] 至宋代,南迁的中原汉人已经在汀江河流域的闽西各地形成了汉民系中独特而又相对稳定的群体,这就是客家先民,于是以汀州为中心的闽西各县便成为客家民系形成的发祥地。南宋末年,元兵南下,汀州遭袭,再次开发垦殖、繁衍传接的客家先民又开始成批迁徙外地,当时主要外迁广东梅州地区和返迁赣南各

---

1 转引自中国汀州客家研究中心编《中国历史文化名城——长汀·红军故乡》,厦门大学出版社,2010,第2页。

2 转引自中国汀州客家研究中心编《中国历史文化名城——长汀·红军故乡》,厦门大学出版社,2010,第2页。

地，于是形成了闽粤赣边的客家集聚区。据《元丰九域志》载："宋末梅州客户已达6548户，大多数经自汀州。"[1] 汀州由于自唐开元建州至明清时期一直是州、郡、路、府治所在地，加之宋代长汀县令宋慈开辟了汀江航运，邻省邻县商家云集汀州，客家先民往返于此，汀州城成为闽粤赣三省边界地区物资集散重镇，客家民风风俗重要传播地，中原汉人南迁居留的主要中转地；汀江成为客家先民交流交往的主要通道，赖以生存繁衍的母亲河；汀州各县成为向两广地区、江西、湖南、四川等地输送客家先民的主要地区。由于种种原因，他们的后人又向国内各地和港、澳、台地区以及南洋群岛、越南等地移迁，对此，国内各省、世界各地的许多客家后人，虽然不知他们的祖先是如何迁移过去的，但他们都知道他们的祖先是"汀州人"，"客家首府"由此成名。

通过前面所述，我们可以推断汉族客家先民来到汀江流域的时间，是在9世纪末到12世纪这几百年间。在宋代，为什么一批批的汉人会聚汀州呢？主要有以下几个原因：一是宋代政治、经济重心明显南移，政治动荡，而闽赣二省相连的汀江流域，便于客家先民越过武夷山脉后定居下来；二是汀江流域较为偏僻，交通不便，战乱相对较少，客家先民饱受战乱之苦，最渴望有个稳定的社会生活环境，而汀江流域正好满足了这一心理需求；三是汀江流域资源丰富、地广人稀、气候宜人，特别是宋代长汀县令宋慈开辟汀江航运后，更便于开展生产、重建家园、繁衍生息；四是汀江流域曾是畲民的活动范围，因其生产方式仍为"食尽一山慢他徙"的游耕农业，他们对土地的占有观念和领地观念并不强烈，故而对客家先民的敌视情绪相对较弱，由于游耕的生产方式，与汉人经常性的正面冲突也较少，移居此地的汉人生活较安定；五是中央王朝多次大规模屠杀畲民，令其连连躲避，进入更为偏僻的深山，与新来的汉

---

1 转引自中国汀州客家研究中心编《中国历史文化名城——长汀·红军故乡》，厦门大学出版社，2010，第2页。

人无多接触，这是客家先民能够立足的关键因素之一。据《临汀志》记载，宋末人口骤增，"宋元丰三年（1080年）主户66157，客户15297；到了庆元年间（1195年）主客户达208570户"。[1]长汀的郡县建制也不断扩大，辖长汀、宁化、上杭、武平、清流、连城六县。

客家人在艰苦生活中渐渐磨砺出别具特色的一种文化气质，即本书要谈的"客家之魂"（客家精神）。客家之魂来自五千年历史文化的沉积，来自万里迁徙的磨炼，来自偏僻山区恶劣环境的锻冶，来自祖辈一代一代的言传身教，来自客属先贤"源于斯，高于斯"的添薪增彩，并融合了原住民文化元素的特质文化。关于"客家之魂"（客家精神）的课题，学者们已多有探索和论述。他们从客家历史发展及演进中分析客家民性、民风的特点，指出客家精神的特质。如客家学大师罗香林先生提出七点客家特性；张奋前先生指出客家民性有七点特征；李开仁先生指出客家人之所以能够在世界各地有杰出的表现、光耀全球、举世同钦，是由于客家人具备了八项民风；客家商界名人胡文虎先生根据客家人的传统特征，指出四点客家精神。综合而言，"客家之魂"（客家精神）的表述虽然有繁有简、有长有短，涉及意识和行为的诸多方面，但最为突出、最为本质的可以归纳为"艰苦创业、崇文重教、爱国爱乡"十二个字。这种客家之魂传承了中原优秀文化的精华，又具有鲜明的客家特质，成为一代又一代客家人开拓创新的精神财富和动力源泉，成为汀州文化厚重的根基，犹如参天大树有着强大的生命力。

---

1 参见《长汀文史资料》第22辑，政协长汀县委员会文史资料委员会编印，1993，第10页。

第二节
艰苦创业

客家之魂是多彩多姿的客家文化的精气神，其丰富的内涵让人们为之惊叹。

一部客家历史就是一部客家人艰苦创业、开拓进取的历史。

客家人源于黄河，南迁繁衍汀江，又向四方迁徙拓展。"逢山必有客、有客必住山"，客家先民在扎根山区、艰苦创业中，可谓一路迁徙，一路拼搏，风雨兼程，永不止步，客家妇女在刻苦勤俭上表现得尤为突出。客家女无缠足怯弱之习，她们能躬操耕作，主持农计；她们朴素节俭，勤劳洁净，任劳任怨；她们崇敬丈夫、牺牲自我，维护家庭。她们的这种精神历来为中外人士所赞扬。她们以坚强和聪颖，在世界妇女中占有重要地位。客家妇女的特性充分体现出客家之魂的精髓所在。美国人罗伯·史密斯其所著《中国的客家》一书中是这么描述客家妇女的：客家妇女，真是我们所见到的任何一族的妇女中之最值得赞叹的了；在客家中，几乎可以说，一切稍为粗重的工作，都是属于妇女们的责任。……客家妇女，除了刻苦耐劳和尊敬丈夫以外，她们的聪明热情和在文化上的进步，也让人羡慕。因为需要劳动，所以客家妇女，自有历史以来，都无缠足这一陋习，她们的迷信程度，也远不及其他地方的妇女。

● 汀江浣衣女

　　至于客家男人，不论出外谋生立业，或从政、从军、从商，都敢作敢为，富有拼搏进取的精神。宋绍定五年（1232 年），为解盐贵，促进生产，建设家园，千千万万客家男儿在汀州知府李华、长汀县令宋慈的号召下，披荆斩棘，勇往直前，经过数年的奋斗打通了滩多水急的汀江航道，汀江从此成为连接海洋的水上运输大通道，造福于闽粤赣客家地区和东南亚人民。从此，汀州客家人改用潮盐，再也不受福盐之苦，大批农副产品通过汀江航运输往海外。同时海外日用品也大批运进汀州，汀江航运呈现"上河三千，下河八百"的繁忙运输景象，成为海上丝绸之路的重要组成部分。客家人以勇气、锐气和智慧开发汀江的壮举，是他们在汀江流域艰苦奋斗、建设家园的一个缩影。邱炳皓先生在《汀江客家母亲赋》中道："披荆斩棘，种殖垦荒""野菜充饥馑，薯芋权作粮""耕耘于疆隅绣错之地，劬劳于崇岭复岗之中"。正是客家人一双双勤劳的手，让汀江两岸点燃了缕缕炊烟，星罗棋布的客家村落在两岸拔地而起，到处是"十里杨梅红，百里茶飘香"，充满了无限的生机和活力。古人曾用"一川远汇三溪水，千嶂深围四面城"来形容长汀之美。在长达 1200 多年的艰苦创业实践中，客家之魂也在不断发扬光大：历经数代客家人的艰苦奋斗，给长汀留下了丰富的文化遗产，有保存完好的唐代建筑古城门三元阁、宋代建筑朝天门、宝珠门、古城墙、汀州文庙。还有唐代双柏树、双阴塔、清代朱子祠、龙山书院等宝贵的历史文物。尤其是龙山白云、云骧风月、霹雳丹灶、朝斗烟霞、通济瀑泉等汀州八景，更使这青山绿水的古老山城绚丽多彩，让人流连忘返。

● 汀州文庙

客的历史也是一部开拓进取的历史。开拓进取是客家人所从事的前人没有实践过的伟大事业的具体体现，是他们在不同历史条件下建设家园、生生不息的根本保证。从中原到南方，从汀州到南洋，客家人敢为人先、拼搏进取，从不闭关保守、故步自封，留下了许许多多惊天地泣鬼神的历史华章。明清以后，因战争波及，人口膨胀，不安现状的客家人又在汀江扬起前进的风帆，重新迈开了前进的脚步。他们有的南迁粤东，有的回迁赣南，有的移居川桂，有的渡海台湾，有的出洋过番。在新的陌生栖息之地，勇字当头，开拓创新，在建设新家园的同时，把客家精神播洒在居住地区和国家。

回首客家人开拓进取、建设家园的不平凡岁月，尚存在不少令人难以忘怀的事迹，如清代汀州客家将领刘国轩带领客家儿女在台湾屯兵垦荒、抗击倭寇、建设宝岛的风雨岁月中，把中华文明、客家文明和农耕技术传播到台湾，成为一段佳话。

迁徙到东南亚的客家人如近代的罗芳伯、叶亚来，现代的"万金油大王"胡文虎、"领带大王"曾宪梓、"化妆品大王"姚美良都是勇于创新、开拓进取的客家人的杰出代表。

第三节
崇文重教

客家人有着崇文重教、培育儿女的崇高美德，这是他们生存、发展，永远立于不败之地的成因，也是客家之魂的特质。究其原因，一是沿袭了中原的传统，中原儒家思想讲究重农抑商、崇德尚学；二是客家人所处赣闽粤边区均属山区地域，自然环境恶劣，交通闭塞，山多田少，商业又不发达，生计艰难，客家人除了依靠有限的土地维持生计外，只有靠读书仕进，向外谋求更大的发展。

南宋乾道六年（1170年），刘备的后代入闽始祖刘祥的第十三代孙，进士左迪功郎刘子翔来汀任主簿，看到长汀地处偏僻山区，教育不发达，从重视教化市民、育人培养后贤出发，极力提倡兴办教育，主动捐俸银在刘氏家庙后面购买民房，创建"东山书院"，招收刘裔子弟及地方士绅子弟入学，并聘请地方名儒任书院山长和教习，刘子翔主簿还亲自请其胞兄、著名学者刘子翬（号彦仲，又号屏山）专程从崇安来汀讲学三个月。刘子翔的妻舅南宋著名理学大师朱熹，也曾从崇安到南安途中经漳平集贤里（今大田县桃源镇）来汀。为东山书院讲学三天，受到汀人的欢迎和敬仰。据邹子彬的《汀州风物志·今古钩沉》书载：朱熹曾来汀讲学于东山书院（刘氏家庙内），其回文词《菩萨蛮》传说作于汀城。词云："晚红飞尽春寒浅，浅寒春尽飞红晚。尊酒绿阴繁，繁阴绿酒尊。

● 东山书院（朱熹来长汀讲学处）

老仙诗句好,好句诗仙老。长恨送年芳,芳年送恨长。"回文诗历代有见,而回文词则罕见。

　　清代名画家上官周学识渊博,一生不入仕途,终老布衣,但废寝忘食,刻苦攻画,付出的辛劳可谓大矣!在自序中,他谈到自己的创作经过和心情:少年时期,就刻苦模仿明代开国功臣马皇后、常遇春、刘基等44人的作品,经铁线描法绘出后要收藏箱箧许久,反复揣摩。为了刻画出"以形写神",经常息影邱园,浏览史籍,力求合乎心意,发挥艺术想象,做到"欣慕之,想象之,心慕手追之。积日累月,脱稿者又七十六人,合之得百二十人"。为了塑造景仰的历史人物,他博览群书,把全部精力和时间都投诸创作。上官周在艺术实践中,极力推崇身体力行与独创性的艺术创作,遂形成运用铁线条的独特风格,在画史上他的艺术创作精神是可贵的。据说黄慎一日熟视其师上官周的作品,叹曰:

11

"吾师绝技，难以争名矣！志士当自立以成名，岂肯居人后哉！"上官周在他的《晚笑堂画传》中，精心刻画了从汉高祖起至明代人物骁骑舍人郭德成等120位历史人物图像，卷上40人就有张良、韩信、苏武、严光、诸葛亮、谢安、郭子仪、狄青、李纲、岳飞、文天祥、于谦等。这许多历史人物中，着重阐明立功、立德、立言的人物，为后学树典范，其中有民族英雄、耿直之臣、骁勇武将、智囊贤相、巾帼英雄等，他们对后人的熏陶、影响深远而有现实意义。据《长汀县志》载苏珥的《晚笑堂诗跋》："……今先生及真高人，生平不求闻达，亦不于贵介稍屈。"[1]其一生致力于画，愿终老于民间，正史未载而人民心中有丰碑。

汀州客家流传"养子不教如养猪""有书不读子孙愚"之类的谚语。长汀城关人黎士弘，生于明神宗万历四十六年（1618年），卒于康熙三十六年（1697年），享年80岁。士弘学识渊博，一生著作颇丰，除《托素斋文集》外，尚有《托素斋诗集》《仁恕堂笔记》等多种。他主要靠刻苦自学成名，幼时与其弟就读于佛祖峰山寺。士弘在文集中回忆当时情况："岁暮迫除，严霜坠指，与弟士毅拥被连床，共灯而读，至一字未通，而声泪俱下。意气所积，鬼神逼衷。嗟夫！使仆当时稍不自爱，重与乡里相征逐，不知此十五年见天下几人？读天下几书？而累惭积愤又似不似今日否也！"[2]

当年与士弘一起读书的士毅于顺治戊戌冬望日序其兄集，也谈到兄弟当时刻苦用功的情况。他说："记得从伯子就读于山寺，值溪水暴涨，断渡三日，奴子传餐不继，兄弟煨芋炒豆作食，掀眉谈古昔，动辄数千言。"从这些回忆中我们可以看出两兄弟的苦干精神。做学问更是这样，若三天打鱼，两天晒网，将会一事无成。

文脉书香、耕读传家的传统一直在长汀客家子孙中代代相传。客家

---

1 参见《长汀文史资料》第40辑，政协长汀县委员会文史资料委员会编印，2009，第137页。
2 参见《长汀文史资料》第18辑，政协长汀县委员会文史资料委员会编印，1990，第101页。

人以兴学为乐，以读书为本，以文章为贵，以知识为荣。无论生活何等艰难，环境何等恶劣，每个家族、家庭都谆谆教诲子女"望吾族中子弟，无论贫富，皆当使之就学，严其教令，陶其性情"。为了儿女，他们有的咸菜稀粥，有的挑担砍柴，有的甚至卖田卖地。至今，客家人的楼屋住宅及宗族祠堂的楹联常见"居家惟勤俭，处世在读耕"，"醉歌田舍酒，笑读古人书。"关于读书、耕读传家的书写随处可见。从古至今，长汀人最崇敬的是读书人，一直以子弟善读书、因读书成名成家为荣。长汀县内还有一个著名的文化奇观——双阴塔，它由八卦龙泉和府学阴塔组成。说它奇特，在于它和通常的塔形不同，它是倒立、呈"井"形的塔。此塔上宽下窄，全部用大条石板作原材料，每层用八块石垒砌，呈八卦形，自上往下，层叠有致，逐级收缩，像一座八角空心石塔，倒插入水中。井深 16 米，井水与汀江龙潭水相通，俯视塔内，聚集在塔底的龙泉，清澈如镜，长年不枯，而且奇特罕见的八卦内形历历可见，令人叹为观止。传说塔底水中藏有蛟龙，常年在喷水吐珠，即使大旱之年井也不会枯竭，反而更显得甘甜清纯。古人建塔的目的在于希望汀州几县文才昌盛。这里还流传一则传说。古时有一位外省籍人在汀州为官，因朝廷中一位汀州籍的官员得罪了他。于是他怀恨在心，图谋报复，便居心叵测地在城关东西两旁的山上建了两座塔，遥遥相对，好像两把利剑镇住卧龙山的盘龙无法升腾。此计后被汀州人识破，便在与地上阳塔相对之处，各建一座地下阴塔，以阴制阳，以保护汀城卧龙腾飞，人文昌盛。传说是否真实无从查考，但长汀人重视教育却是人们有目共睹的。在长汀，你当官、你有钱，没人把你当回事儿，但是，你的子弟会念书，考的是名牌大学，成名成家，人人都竖大拇指称赞，有口皆碑。

这种崇文重教的客家之魂，使得汀州客家人"知书达理""忠孝仁义""报效祖国"，将中华民族优秀美德代代相传。

客家人强烈的崇文重教意识，在于他们祖训遗风的传承。

13

　　走进汀州古城的每一条街巷，书院林立，宗祠成片。汀州试院、龙山书院、卧龙书院、鄞江书院等几十个试院、书院的遗存，仿佛在诉说当年客家人兴学之风，遍布汀州古城每条街巷的 60 多座客家宗祠也在记载着读书育人的岁月。客家人以金榜题名为家族的荣耀，并世代相传。汀州城的文庙、府学、县学，遍布城乡的文昌阁和文昌宫都是客家人推崇儒学、崇文重教的缩影。建于唐大历年间的长汀城东乌石山云骧阁，丹黄与朱红两色相衬，在参天古树掩映下，尤显庄严静穆、圣洁大气。其实，云骧阁最早是个藏书阁，或许是书香的吸引，或许是景致的诱惑，历代的文人墨客流连于此，这儿就逐渐成为汀州文人士大夫吟诗作赋的悠游之地。"云头落日半规明，林际炊烟一抹横。"迷蒙诗意的景致，应是落日时分，诗人于云骧阁登高望远、触

● 汀州试院

目所及的抒怀吧。"挥毫当得江山助",奇山、怪石、绿水、摩崖、古树、古朴清幽,文人墨客云骧雅集,自然诗兴大发。据统计,单以云骧阁为题的诗词歌赋,就留存有百余篇。新中国成立后至今,云骧阁一直是长汀人开展文学活动的场所,现在还在此设立了瞿秋白文学院。云骧阁承续着千年的文脉书香,这样书香氤氲的地方哪能不出读书人、不出写书人?北村、谢有顺、童大焕、李西闽、杨鹏等一批著名作家,从这里走出也就顺理成章了。

据《临汀志》记载,自有科举制度以来,汀州八县考取进士309人,举人1752人,被誉为"客家文化之都"。北宋至清代,汀州至少出现过76位著名诗人,郑文宝、李世熊、刘坊等诗文名闻天下。汀州古城江庸家族一门三进士,立志报效祖国,被传为佳话。汀州客家人这种稳定的文化心理意识,成为汀州客家教育发达、英才辈出的动因。千年历史长河,客家人崇文重教,英才辈出,群星闪耀,犹如一朵朵永不凋谢的莲花在绽放。这里涌现了吴世风、谢用周、张伯龙、张士英、李灿、上官周、黄慎、伊秉绶、华岩、郭沫若、江庸等一批又一批的民族精英、国之栋梁,为中华民族的文化传承建功立业。

第四节
爱国爱乡

　　爱国爱乡是汀州客家儿女优秀道德情操的保证，也是客家之魂的精髓。历史上客家先人是被迫南迁的，不是一步到位，而是一步步向南迁徙，因而他们对每一处故土都有着深深的眷恋。树高千丈总有根，水流万里也有源。客家儿女坚守着"莫忘胞衣窟""不忘祖宗言"的文化价值观。不论他们迁移到哪里，哪怕是异国他乡，客家人也不会忘记他们的祖辈来自何方。大陆各地，客家各姓宗亲，每年春秋祭祀祖宗，侨乡更为隆重。美国人肯贝尔在《客家源流与迁徙》中评论道："客家人确是中华民族最显著、最坚强有力的一派，他们的南迁是不愿屈辱于异族的统治，由于他们颠沛流离，历尽艰辛，所以养成他们爱国爱种族的爱国心理，同仇敌忾的精神，对中华民族前途的贡献，将一天大似一天，是可以断言的。"[1]肯贝尔的这番话虽然有些言过其实，但也从一个侧面反映了民族、国家的观念对于客家人来说有多么重要。客家人普遍存在强烈的国家观念和民族意识，这是由于客家民系是在迁徙流转中形成的。客家先民饱受战乱和压迫带来的痛苦，因此客家人对家园的安定、国家的强盛、民族的崛起有着极其强烈的渴望。不论走到何处、身处何方，他们都永远守望着客家祖地，情怀故园，报效祖国。

1 转引自冯秀珍《客家文化大观》，经济日报出版社，2003，第686页。

　　回顾中国近现代史，是一部抗击列强、抵抗侵略的英勇悲壮史。国家兴亡，匹夫有责。每遇民族危亡关头，或者是抵御自然灾害，汀州客家人热血澎湃、同心同德，用血性谱写惊天地泣鬼神的壮举。20 世纪三四十年代，日本帝国主义侵略中国，中华民族处于危亡关头，海外的汀州客家儿女和华人一起同仇敌忾，有钱出钱，有力出力，许多汀州客家热血青年还踊跃加入抗日队伍，在战场上和日寇展开殊死拼杀。著名爱国华侨、汀州客家人胡文虎积极捐献钱物，支援祖国的抗日战争。改革开放以来，众多的客家后裔和具有客家情怀的港澳台同胞，纷纷在故乡投资建厂，为振兴故乡的经济建设做出了贡献。他们还经常慷慨出资赞助家乡的社会公益和福利事业，充分体现了游子的爱国爱乡情怀。香港著名实业家、全国政协委员、香港福建同乡会永久名誉会长施子清先生，自 20 世纪 80 年代以来十分关心边远山区的教育事业，捐赠给长汀县人民政府 10 万元人民币，用以设立奖励基金，奖励长汀县每年品学兼优的高考学生和教学工作中有突出贡献的教师。1993 年为兴建长汀一中科学大楼又慷慨捐赠人民币 40 万元。南洋著名实业家汤锡林，祖籍长汀童坊林田村人，出生于印度尼西亚雅加达，小时候在家乡广东蕉岭高思镇念书，长期受中华文化的熏陶。20 世纪 80 年代以来，他十分热心客家公益事业，关心家乡和祖籍地的文化建设，在长汀县童坊镇林田村捐资修葺祖祠，捐资兴建 3 所学校等，其传略辑入了《世界名人辞典》。此外，海外汀州客家儿女还为支援长江抗洪、抗击汶川大地震等慷慨解囊，无私奉献。20 世纪 90 年代，为支持长汀抗击 1996 年"8·8"特大洪灾，汀州客家儿女在香港和东南亚发起赈灾，捐献大批钱物用于故园的灾后重建。这些爱国爱乡之情怀无不令人感动。

　　一个民族的觉醒，首先是文化的觉醒，对祖国的守护。汀州客家人守护心中的精神家园，就是留住历史记忆，呵护民族未来。姚美良先生在《梦里寻他千百度》一文中深情地写道："多年来，有一条汀江，有一

● 长汀一中科学大楼

座古城频频闯入我的梦里：奔流不息的江水，古老而喧闹的街道，起伏而厚实的城墙，宏伟而庄严的宗祠，纯朴而好客的乡亲……这就是我多年来寻访的梦中地方，这里是我祖先的故土，这就是客家人的祖地。"这是眷恋故园的心灵呼唤，也是无数海外客家人共同的心声。于是，1995年起，在宁化、长汀两县人民政府的大力支持下，姚美良先生及其胞兄姚森良先生倡导发起的世界客属石壁祖地祭祖大典和世界客属公祭客家母亲河大典，至今已连续举办了21次，近30个国家和地区的32万海内外客家儿女回到汀州寻根谒祖、旅游观光。汤锡林先生回到故乡后心情万分激动："我们的祖先从汀州走出来，我的身上流淌着华夏的血液，寻根谒祖，爱国爱乡是我们客家人的情怀！"如今在新的历史时期，汀州客家人不论在客家祖地，还是在祖国宝岛台湾、港澳地区和世界各地，其爱国爱乡之情空前高涨，他们共同的心愿就是为实现中华民族伟大复兴的中国梦书写新的华章。

　　历史在发展，社会在进步。客家之魂作为汀州文化的根基也在不断地弘扬光大。20世纪，在汀州这块土地上形成的红色基因以及勤奋创业、勇于创新、滴水穿石等精神，都和客家之魂一脉相承，并被赋予了新的时代内涵。

● 公祭大典

第二章
红色记忆

大美汀州 | 长汀映像

信仰就是追求,就是得到想要的东西。20世纪20年代末,从赣南开拔过来一支有信仰的队伍,高擎红旗跃过汀江,从宝珠门进入汀州城。具有客家之魂优良传统的客家儿女以宽阔的胸怀接纳他们,他们与古城人民鱼水情深。这支汇集民族精英的红军,在汀州站稳脚跟后,又"直下龙岩上杭",继而攻克闽南重镇漳州。新中国成立后,他们当中的毛泽东、周恩来、刘少奇、朱德等人担负起了国家领导人的重任。长汀这座千年古城的云骧阁、汀州试院、福音医院、福建省职工联合会旧址、辛耕别墅等也印上了众多老一辈无产阶级革命家的足迹,让长汀增添了许多红色记忆:"红军故乡""中国革命的摇篮""革命发展的转折点""中央红军长征主要出发地之一"。

第一节
红军故乡

　　"红军故乡"这个赞誉，是长汀人民在中国共产党领导下，前赴后继，不怕牺牲，用生命和鲜血换来的，也是中央对长汀这块红色土地的褒奖。1986年纪念红军长征胜利50周年活动时，中宣部、民政部、文化部、解放军总政治部等部门，要拍一部反映二万五千里长征从出发至胜利会师的电视连续剧。根据各省推荐，经客观分析、科学论证后由纪念活动领导小组提出，报中央领导审定确认，选择了在长征中最突出、有重要影响的14个城市（县、区），每个地方视其影响和主要特征都以4个字定一个名称拍一集电视剧。第一集叫"告别红都"，副标题是江西省瑞金县；第二集叫"红军故乡"，副标题是福建省长汀县。

　　1927年9月，革命的火种引燃了汀江两岸的熊熊烈火。周恩来、朱德、贺龙、叶挺等同志率领"八一"南昌起义部队进驻长汀，展开了轰轰烈烈的革命活动。他们组织宣传队上街张贴布告和标语。郭沫若同志亲自在街头演讲，他说："我也是汀州人，500年前我们是一家（郭沫若祖籍宁化，辖属汀州）。"亲切的话语感召了汀城民众，长汀百姓第一次看到了自己的队伍。为了鼓舞长汀人民的斗志，南昌起义部队在长汀文庙前镇压了段燮文、丘秀章等四个罪大恶极的反动大土豪，没收了他们的粮款，震慑了盘踞汀城的土豪恶霸。为了发展斗争成果，南昌起义部队帮助长汀组建了地方党组织——长汀县特别支部，周恩来同志多次接见了地下党同志。因此，当红军入闽第一仗在长岭寨打响时，长汀的土地革命早已轰轰烈烈；当成立福建省苏维埃政府、扩大中央苏区时，长汀也一跃成为中央苏区的经济中心、"红色小上海"。

长汀为什么能被誉为"红军故乡"？不仅因为长汀是中央苏区的核心，是二万五千里长征出发地；不仅因为长汀在第二次国内革命战争时期做出了巨大牺牲，在册革命烈士 6600 多人，占全省烈士总数约 1/6，为全省之最；更因为长汀在红军发展、扩大时期起着非常重要而特殊的作用。其一，长汀是做出建立公开武装割据区域重大决策，规划创建中央革命根据地蓝图的地方。红军入闽后的 1929 年 3 月 20 日，毛泽东在长汀县城的辛耕别墅主持召开了红四军入闽后的第一次前委扩大会议。会议对红四军离开井冈山以来的工作进行了总结，对闽、赣、浙等省的政治、经济、军事状况及自然条件做了全面分析，做出了利用蒋桂战争爆发的有利时机，在赣南、闽西建立公开武装割据区域的重大决策，为以后中央革命根据地开辟规划了蓝图。这一战略决策对建立工农武装政权起到了极其重要的指导作用，为创立以瑞金、长汀为中心的中央苏区奠定了坚实的基础。其二，长汀是每个红军战士深切怀念、不会忘记的地方。根据红四军前委扩大会议决定，在长汀县城红四军进行了建军以来的第一次整编。在这里建立了闽西也是后来的中央苏区第一个县级工农武装政权——长汀县革命委员会和工农武装长汀赤卫队；创办了中国工农红军中央看护学校、第一所中央红色医务学校，为红军培养造就了第一批医务工作者；建立了第一个红军被服厂、斗笠厂、印刷厂。长汀县城成为中共福建省委、省苏维埃政府、省军区的所在地。在此期间，中共闽粤赣临时省委（后改为中共福建省委）在长汀城召开过三次代表大会；省苏第一次代表大会，第一、二次执委扩大会，汀州市的四次代表大会以及中共红四军前委、中共闽西特委等一系列重要会议都先后在这里举行。老一辈无产阶级革命家毛泽东、周恩来、刘少奇、朱德、邓小平、聂荣臻、郭沫若、张鼎丞、邓子恢、谭震林、张云逸、瞿秋白、项英、董必武、何叔衡、萧克、陆定一等在这里进行过革命实践，留下了光辉的足迹。两万多名长汀的优秀儿女跟随共产党走上了革命的道路，涌现出了杨成武、傅连暲、涂通今等一大批开国将军，对中国革命产生了巨大影响。1937年朱总司令在延安向前来采访他的美国记者艾格妮丝·史沫特莱说："在长汀的意外战果，是革命发展的转折点。"[1] 正由于长汀当时在许多方面所起到的特殊作用，每一个红军战士都不会忘记并深爱着这块曾经浴血奋战的红色土地，都视它为故乡。

---

1 转引自〔美〕艾格妮丝·史沫特莱《伟大的道路》，梅念译，东方出版社，2005，第288页。

第二节
十个第一

　　波澜壮阔的革命历史赐予了长汀许多彪炳史册的第一：红军入闽第一仗——长岭寨战斗；红军第一次在长汀统一了军装；红军第一次在长汀发放了军饷；红军第一个军团建制——红一军团在长汀成立；中央苏区第一个县级红色政权——长汀县革命委员会；中央苏区第一支赤卫队——长汀赤卫队；中央苏区第一次创设了市级苏维埃政权——汀州市；中央苏区第一所红军医院——汀州福音医院；中央苏区第一批国营企业——红军斗笠厂、红军被服厂等在长汀开办；红军长征第一村——红军在长汀中复村迈出二万五千里长征第一步。

　　长汀果然是中国革命历史的一个转折点。首先是让缺衣少粮、在死亡线上奋战的红军转危为安。1929年1月14日黎明，毛泽东和朱德率领突破敌人重重围困的4000多名红四军官兵，从井冈山与湘赣边界高山巨峰间攀岩下山，迅速南下赣南，敌人则踏着红军在雪地上留下的血迹追赶。红军在饥寒交迫的情况下，每天要赶八九十公里，遭遇敌军时，还得且战且走，到达江西瑞金附近的兴国东固时，仅剩下3000名官兵。到东固才8天，敌军的11个团就从北、西、南三个方向逼近了红军驻地，企图一举剿灭红四军。为了避开数量上占优势的敌军，1929年3月11日，毛泽东和朱德利用晚上敌人熟睡时机，带领红四军从东固的东山坡下山，在成功甩掉围追的敌军后，突然掉转方向，悄悄改道江西瑞金，强行军20小时，于1929年3月12日从福建长汀的四都镇首次入闽。两天后，红四军入闽首战告捷：歼灭国民党福建省防军第二混成旅郭凤鸣旅2000余人，缴获枪支500多支、迫击炮3门、炮弹百余发，并夺取了1个拥有新式缝纫机的军服厂和2个兵工厂。

● 长岭寨战役旧址

其次是红军入闽第一仗——长岭寨战斗带来的意外战果，让当时在迷惘中探寻"路在何方"的红四军找到了前进的方向。占领长汀没过几天，从上海中国共产党中央委员会派来的一个通讯员就到了这里，带来了关于当时国内、国际局势的报告和其他重要文件，其中包括中国共产党第六次全国代表大会的报告和决议。这是两年来红四军首次与中国共产党的中央委员会取得联系。有了与外部世界的一线交通，红四军的将士们感觉到不再是在黑暗中战斗了。1929 年 3 月 20 日，毛泽东在长汀县城极具客家风情的"辛耕别墅"主持召开红四军前委扩大会，在总结离开井冈山以来的情况，全面分析当时南方各省的政治经济状况和自然条件后，做出了在闽西、赣南 20 余县发动群众，实行公开武装割据，创建革命根据地的战略决策，这是在中国共产党历史上第一次提出创建中央革命根据地的伟大构想。

● 辛耕别墅（红四军前委扩大会旧址）

　　此外,长汀坚实的经济基础还为红军发展提供了强大的"造血"功能。自创建以来,红四军这支穷人的队伍,只有少部分人穿着各式各样的破旧"军装",其余的则穿着满是补丁的裤褂,脚下是绳鞋,头上缠着五颜六色的头巾,亟须更换军服。当时的"红色小上海"长汀,境内商店林立,物产丰富,富商云集,手工作坊遍布城乡,仅城区就有造船、制造铁器和制糖等50多个手工业生产合作社,因此就成了打破国民党经济封锁的关键"钥匙"。在长汀地方党组织的积极配合下,红四军没收了十余家反动豪绅的财产。当时红军"给养已不成问题,士气非常振奋"。红四军前委决定给每位指战员发4元军饷,同时在长汀赶制4000套军装。

　　新军服的样式是由毛泽东、朱德、陈毅亲自审定的:灰蓝色代表天空、海洋、青黛的群山和辽阔的大地。一颗红星头上戴,革命红旗挂两边。不久,红四军全体官兵都穿上了统一的灰色新军装,红五星头上

● 红军第一套军服、斗笠

戴，红领章两边挂，威武极了，这在朱毛红军历史上还是第一次统一军装。美国著名女记者艾格妮丝·史沫特莱在《伟大的道路》一书中记述了这段历史，当时朱德告诉她："最重要的还是那家拥有新式缝纫机（日本货）的工厂。这家工厂也属于郭凤鸣，专给他的部队做军装。工厂里的工人每天要工作十二小时；现在则组织了工会，建立起两班制的制度，每班八小时，给红军做军服，因为在那以前，我们身上的全部衣服都是用手缝的。现在终于有了第一批正规的红军军装。"[1]

红四军进城后，由于长汀地方党和群众的基础好，毛泽东等同志决定在这里建立政权机关。于是，由红四军政治部任命成立一个长汀县临时革命委员会（设在横岗岭，原屋已拆除）。临时革命委员会成立后，立即协助红四军打土豪、分浮财，发动群众建立工会、农会和赤卫队组织，随后，临时革命委员会召开了工农兵代表大会，正式产生了长汀县革命委员会，选举邱潮同志为革命委员会主席，下设军事、宣传、财政、土地、内务、妇女六个部。革委会设在云骧阁，启用有印章和佩带的红色袖章。

长汀县革命委员会是红四军离开井冈山以来，在赣南、闽西创建的第一个县级红色政权。革命政权机关成立后，立即发布纲领，废除一切厘捐，没收地主豪绅的土地及财产，严厉肃清反革命分子，实行赤色割据。在红四军的帮助下，建立了一支60余人的长汀县赤卫队，并拨给20多支枪，负责保卫地方政权和土地革命的顺利进行。在短短的时间里，长汀组织了20个秘密农协、5个秘密工会，还成立了总工会，壮大工农力量。

1985年10月11日，福建省人民政府批准，将原长汀县革命委员会旧址——云骧阁列为第二批省级文物保护单位。这座古老的楼阁增添了绚丽的光彩。

红四军的首次入闽对于推动中央革命根据地乃至整个福建的革命斗

---

1 转引自〔美〕艾格妮丝·史沫特莱《伟大的道路》，东方出版社，2005，第290页。

● 云骧阁（长汀县革命委员会旧址）

争，起到了重要的作用。第一，红四军首次入闽，有力地推动了闽西和全省的革命斗争。上杭、龙岩、永定三县县委书记立即在上杭召开联席会议，讨论形势和目前工作方针。在闽西各县党组织的领导下，广大革命群众积极配合红四军的行动。龙岩群众"一闻朱、毛到汀，便摩拳擦掌准备武装斗争"。永定金丰里一带乡村群众，重新打起红旗，与地主作武装斗争；溪南区农民也"集中武装，恢复苏维埃的组织"。上杭北四区20多个乡的农民在党的领导下成立红军，打击反动派。毛泽东在给中央的信中称"闽西、赣南的民众都非常好"。

　　第二，红四军首次入闽，特别是打死郭凤鸣，攻克汀州，震慑了福建国民党军政当局，加剧了各派军阀之间的矛盾。各部军阀或是按兵不动，或是虚张声势，都没敢发兵闽西与红军交战。

第三，红四军入闽，使中共福建省委把握这一有利时机，为进一步发展闽西的斗争采取了一系列措施。1929年3月28日，福建省委依据红四军入闽的形势，制定了《关于闽西斗争工作大纲草案》。大纲指出，闽西的工作应以上杭、长汀、龙岩、永定四县为中心，自下而上地建立苏维埃政权。省委还决定恢复中央闽西特委和闽西暴动委员会，以邓子恢为特委书记，领导闽西的土地革命和武装斗争。党中央机关报《红旗》专门就此发表文章，高度评价红四军入闽的意义，指出"朱毛红军的这种胜利，必然重新唤起了闽西工农的斗争意识"。

汀州市建制于1931年秋，是当时国民党福建省第七督察专员公署所在地，也是闽西国民党统治的政治、经济、文化、军事中心。红军1929年解放汀州城后，根据全国第一次工农兵代表大会通过的《中华苏维埃政府划分行政区域暂行条例》规定，决定把红军夺取的这个最大城市设置为汀州市。1931年9月11日，红军配合闽西地方武装再次攻克汀州，此后，红军队伍不断壮大，根据地面积迅速拓展。一年后，红一军团在此组建，此时"朱毛红军"已发展到3个军，闽西、赣南革命根据地连成一片。随即，中共闽粤赣特委、闽西苏维埃政府从永定的虎岗集中迁设汀州。1931年10月，根据中央指示精神，经闽粤赣特委批准，正式成立中共汀州市委，由王观澜任市委书记；又经福建闽西苏维埃政府批准成立汀州市苏维埃政府，市苏维埃政府主席由饶根当任。

汀州市苏维埃政府致力于发展工业生产，大力发展合作社商业和对外贸易，一方面为革命提供了物资军需、金融工商、医疗邮电这些一般地方无法提供的命脉保障。另一方面，也树起了召唤大旗，汇聚了壮阔力量，推动了政权建设，造就了"红色小上海"的繁荣，红军在这里第一次创办了红军被服厂、红军斗笠厂、兵工厂、苏区合作供销社，有了第一所红军印刷所……对此，朱德曾形象地说："我们手里拿的，嘴里吃的，身上穿的都来自长汀。"[1]

1932年冬的一天，中华苏维埃共和国中央执行委员会主席毛泽东带领警卫员来到红军斗笠厂。毛泽东在调查了解工人生活情况后，着重调查了解了这个厂的斗笠生产情况，当时这个厂生产的长汀斗笠有两种：一种是粤式斗笠，是按广东传来的斗笠式样编成的；另一种是汀式斗笠，是按长汀本地传统斗笠式样编成的。毛泽东饶有兴趣地拿起这两种斗笠仔细观看，认真揣摩比较，发现这两种式样的长汀斗笠各有优点也各有不足，就亲切地对厂工会支部支部长谢老三和编笠能手廖樟模说："你们都是厂里的编斗笠能手，请你们想想办法对这两种斗笠进行改革创新，主要是发扬这两种斗笠的优点，改掉这两种斗笠的缺点，编出方便携带又最实用的红军斗笠来！"谢老三、廖樟模接受任务后，按照毛泽东同志的建议动脑筋想办法，终于用细薄竹篾编成式样新颖、平滑柔软的笠底和笠面，把笠顶编得又平又圆，在笠面印上"工农红军"四个大字，并刷上桐油，第一顶红军斗笠就这样在长汀诞生了！毛泽东看到第一顶红军斗笠非常高兴，竖起大拇指称赞："式样新颖，携带方便，经久耐用，平等平沿，一律平等，好处很多，可以挡雨遮太阳，休息时可以垫坐，天热可以扇风，睡觉可以当枕头。"[2]1934年红军斗笠厂仅生产9个月，产量就超过20万顶，确保了红军长征时每个指战员发一顶斗笠的需求。

汀州市作为"红色中国第一市"，在中国革命史上的地位和作用是全方位的、举足轻重的。在中国革命正处于星火漫野状态之时，正是福建汀州，以博大坚实的胸襟拥抱了它、托举了它、壮大了它，为此后星火燎原，从胜利走向胜利奠定了坚实的根基。

1925年"五卅"爱国运动的浪潮激荡着长汀城，群众纷纷举行示威

---

1 转引自林朝曦《不忘初心传承长征精神》，《中国产经新闻报》2016年12月8日。
2 参见《长汀文史资料》第38辑，政协长汀县委员会文史资料委员会编印，2005，第72页。

游行，反对英、日帝国主义的侵略，英国教会开办的汀州福音医院的英国医生全部被人民的声威吓跑，群众推举当时在医院当医助的傅连暲当了院长。这期间傅连暲受瞿秋白《新社会》旬刊的影响，思想上向往革命，又结识了汀州地下党段奋夫、王仰颜、张赤男等人，还受他的侄女、地下党员傅维钰的直接影响，从同情革命走向参加革命。

1927年八一南昌起义军到汀州，傅连暲接受救治了300多个起义军伤病员。红军第一次入闽后，有一些伤病员住进福音医院治疗。红军撤离时，少数重伤员留住在医院里，傅连暲以基督教教会医院院长的身份，根据世界红十字会的规章，与国民党军政当局联系、交涉，从而保证了红军伤员的安全。1929年3月中旬的一天，红四军首次入闽的前委书记毛泽东和军长朱德慕名前来造访，傅连暲极其热情并非常认真地为毛泽东和朱德检查了身体，这是傅连暲第一次给两位中国革命领导人检查身体。

汀州从1929年4月至1931年9月两年半时间里时红时白，毛泽东率领红军也时来时往。傅连暲遵照毛泽东的指示：为了到白区购买药品和订购报纸的便利，保留教会医院的名称。

毛泽东每次来汀州都要看报纸，傅连暲便化名郑爱群，订购了上海《申报》《新闻日报》，广州《超然报》《工商日报》等报纸，转给毛泽东参阅。毛泽东在戎马倥偬的军旅途中，得到参考资料，非常高兴地对身边秘书说："傅医生办事，比共产党员还认真，他办了件大好事啊！"

1931年，汀州已成为中央革命根据地重要的经济中心，由于国民党对苏区实行经济封锁，药品十分紧缺。毛泽东指示傅连暲派人到上海买药，并在上杭、峰市、汕头、上海等地设立地下药房，建起了一条从汀州至上海的地下药房运输线，解决了苏区药品紧缺的困难，时间长达一年之久。

1932年10月，毛泽东身体欠佳，从瑞金来到汀州福音医院养病，傅连暲细心地给毛泽东检查身体，察觉他肺部有个钙化点，正在发低烧，可能是过度劳累造成的。傅连暲每天按时给毛泽东打针服药，到了下午5点钟，准时邀请毛泽东一同到附近的北山散步。日子一长，双方的感情非常融洽。

在此之前，毛泽东的夫人贺子珍已经来到福音医院分娩，傅连暲为她安全接生了一个小男婴，取名小毛。傅连暲的妻子刘赐福负责照看护理贺子珍，两人建立了深厚情谊。

1933年初，毛泽东经过4个月的精心治疗和休息，身体完全康复。傅连暲后来著文说："在这四个月中，与其说是我护理了毛主席，还不如说是毛主席在政治思想上护理了我。毛主席真是我前进的引路人！"毛泽东在准备出院回瑞金时对傅连暲说："福音医院是个基督教教会医院的名字，我们要把它改成中央红色医院，你看怎么样？"傅连暲十分高兴地表示完全同意。1933年初，中央工农民主政府接受毛泽东的建议，将汀州福音医院迁往瑞金叶坪杨岗，正式创立了中央红色医院，任命傅连暲为院长，郭实秋同志任政委。1934年9月，正当第五次反"围剿"的紧急关头，毛泽东在于都突然病倒了，体温高烧到41度，一连3天不吃不喝，肚胀，头痛，咳嗽不止。中共中央接到报告后，问傅连暲怎么办，他二话没说，马上请求亲自前往救治。瑞金到于都180华里，傅连暲骑了一匹骡子星夜赶路，第二天傍晚赶到于都，经多方检查，确认毛泽东患的是恶性疟疾。幸亏自己来得及时，他马上给毛泽东吃了奎宁片，注射奎宁和咖啡因。到了第四天，毛泽东就恢复健康开始工作了。毛泽东当时正在调查中央红军突围路线，他的健康与红军的生死存亡息息相关，同志们都称赞傅连暲在关键时刻为党、为红军立了一大功。

1934年6月，第五次反"围剿"进入最艰难的阶段。福建苏区只剩长汀、宁化等接近江西边界的狭长地区。1934年9月，蒋介石派遣北路军总司令顾祝同到龙岩指挥作战。以德械装备的三十六师为主攻师，第十师协同攻击，妄图攻克中央苏区东大门的重要屏障——松毛岭，然后一举拿下中央苏区的中心城市长汀城，直取红都"瑞京"。

地势险要的松毛岭一旦失守，红军将无险可守。顿时，松毛岭一线战云密布，1934年9月8日，红一军团奉命回师增援兴国，红二十四师归红九军团指挥。这天，福建军区从长汀、上杭动员新战士约2000人补充红九军团。临危受命担任中共福建省委书记的刘少奇，多次来到中复村组织扩红、支前、筹粮等工作。在苏维埃政府的发动下，群众纷纷拿出大米、芋头、地瓜片等自己不多的口粮支持红军，并组织了担架队、运输队、看护队、洗衣队和慰劳队，还和红军一起修工事、挖战壕。据松毛岭保卫战亲历者、老红军谢镜辉回忆，"当时，我们整个红屋区10多个村全民皆兵，每个村男女老幼排成一字长蛇阵往山上传修碉堡及作滚石用的石头，还有好几个村子的人家帮忙削竹签制造土武器，铁

● 松毛岭战役旧址

器合作社的工人日夜加班打造镰刀子、生产鸟铳用的铁子"。9月23日早晨，松毛岭保卫战打响了！当天正是农历中秋节，顾祝同想乘红军过中秋节松懈之机，出其不意展开突袭。不想，红军早有防备，进行顽强反击。松毛岭保卫战最激烈的时候，红军伤亡很大，急需兵员补充。红屋区裁判部部长钟大兴振臂高呼："共产党员和不怕死的跟我走！"在他的带领下，红屋区200多名热血男儿参加了红军，义无反顾地奔赴松毛岭战场。福建军区动员新战士1600人，也从长汀濯田开往中复村补充红九军团。经过七天七夜的浴血奋战，松毛岭保卫战中牺牲的红军将士和赤卫队员、支前群众，以血的代价完成了掩护中央主力红军集结北上开始战略大转移的任务，也以血的代价在红军战史上写下了悲壮而惨烈的一页。

　　1934年9月30日的上午，中复村观寿公祠前，红九军团召开群众大会，

● 观寿公祠（长征出发地）

参谋长郭天民做告别讲话，动员全村群众向涂坊、河田、四都等地疏散。亲历这次大会的郑从孜老人对那天的情景记忆犹新，当时郭天民的话不长："乡亲们，红军马上要转移，去执行新的任务。我们走后，敌人一定会跟踪而来，你们要坚壁清野！红军是要打回来的！"红九军团还当场发给中复村赤卫模范连、少先队枪支 300 余支和一批子弹。下午 3 时，红九军团兵分两路，在亲人难以割舍的目光里，离开了中复村，迈上了震惊世界的二万五千里长征路。

第三节
汀州调查

长汀，是毛泽东群众路线思想的发祥地，《关心群众生活，注意工作方法》的光辉之作在这里诞生。

1929 年 3 月 13 日至 1933 年 12 月，毛泽东先后七次来到长汀开展社会调查和革命活动，三次深入长汀城区、南山等地，与农户和基层工会、商会工作人员等同吃、同住、同劳动，促膝谈心，关心工人弟兄的安危冷暖，听取意见。

1929 年 3 月下旬的一天，毛泽东带领警卫员路过长汀县城水东街一间店铺，看到 10 多人正在命令店铺邱老板娘立即停业。邱老板娘被吓得哭哭啼啼瘫倒在地，围观的长汀乡亲也露出不解神情。毛泽东立即上前了解情况，原来这间店铺是邱老板开办的，约 1000 元（银圆）资本中 700 元是邱老板的，300 元是白匪旅长郭凤鸣的一个心腹参谋强行入股的，长汀县革命委员会一些干部认为这间店铺是白匪开办的，店铺要烧掉货物也要没收充公。这时围观的长汀乡亲越来越多，毛泽东一面派警卫员回住地取来由他亲自起草署名的共产党红四军军党部印发的《告城市商人及知识分子书》，在这家店铺和附近店铺墙上张贴，一面热情地向邱老板娘和围观乡亲宣讲红军对城市商人的政策："共产党、红四军保护城市商人正当商业交易和正当商业利益，对资本不上千元（银圆）的城市商人不筹军饷，不没收财产。因此，这间店铺那个白匪参谋强行入股的 300 元应该没收充公，其余资本是邱老板娘的，按照党和红军的政策我们不能没收，店铺更不能烧！"这件事很快在长汀县城乡传开，那位原来胆战心惊的邱老板闻讯回来了，许多躲到乡村去的老板也消除疑虑纷纷回城开店营业，长汀县城很快繁荣昌盛起来，不久就成了中央苏区经济中心，被誉为中央苏区的"红色小上海"。

1932 年 10 月，身为中华苏维埃共和国中央政府主席的毛泽东，被"左"倾领导者王明撤销了红军总政委的职务，又因身体欠佳，他从江西来到汀州福音医院，一方面休息养病，另一方面进行社会调查。有一天上午，毛泽东在斗笠厂调查发现工人们吃没有放盐的青菜，便向工人们了解不放盐的原因，工人们说："现在汀州市苏维埃政府只讲扩大红军，组织运输队，对群众吃盐等生活问题不关心也不管，加上白匪军对我们苏区搞

● 福音医院毛泽东休养所

经济贸易封锁，汀州市苏维埃政府有些干部又把偷偷来我们苏区做食盐等生意的白区商人都当成白匪'探子'抓起来，极少数不法资本家又把食盐囤积起来投机倒把欺行霸市，这样食盐就越来越少、越来越贵了！"毛泽东听了，点头含笑说："你们讲的这些情况和意见很好，我一定去跟汀州市苏维埃政府领导同志商量，尽快帮助大家解决困难。"

毛泽东回到福音医院后，就同警卫班的战士们商量，建议从当月起每人每月节约食盐四两，支援红军斗笠厂工人搞好生产。战士们一致赞同，但大家考虑到毛泽东同志正在休养，身体较虚弱，因此，建议毛泽东同志例外。毛泽东笑着说："这节盐支工建议是我提出来的，我怎么能例外呢？我应该和同志们一道这样做！"翌日，毛泽东和警卫员携带 5 斤食盐亲自送到红军斗笠厂，分发给工人。随后，毛泽东开始走街串巷，到市民家中走访，广泛听取群众对地方苏维埃政府工作的意见和要求。走访调查后，毛泽东结合自己前段时间在江西长冈乡、福建才溪乡调查的情况，起草了《关心群众生活，注意工作方法》一文。初稿写好后，他准备召开一次市委、市苏干部会议，对干部进行一次思想教育。

采取什么方式好呢？毛泽东想出了一个好主意，就是用长汀当地生产的毛边纸，一张裁成四开，将文章用大字书写，一张一张贴在客厅墙壁上，让前来开会的每一双眼睛都看得清清楚楚。

第二天，汀州市委、市苏和区苏、乡苏的领导干部来到福音医院。他们在客厅里，认真仔细地看了毛泽东贴在墙壁上的文章，感到十分羞愧和难堪。但是，毛泽东一点也没有夸大事实，无论是批评还是表扬，都是充分说理、实事求是的。

毛泽东看到大家面有难色，就平心静气地对干部们说："今天请大家来，是要和大家讨论如何过河的问题。"大家都感到惊讶：毛泽东不但不批评我们，反而要和我们讨论如何过河？毛泽东对干部们说："我们是革命战争的领导者、组织者，又是群众生活的领导者、组织者。组织革命战争，改良群众生活，这是我们的两大任务。我们不但要提出任务，而且要解决完成任务的方法问题。"毛泽东指着远处的汀江，一字一句地说："我们的任务是过河，但是没有桥或没有船就不能过。不解决桥或船的问题，过河就是一句空话。不解决方法问题，任务也只是瞎说一顿。不讲究扩大红军的方法，即使把扩大红军念一千遍，结果还是不能成功。"听到这里，大家才理解毛泽东所说"过河"的含义，心里豁然开朗。

看到大家反应热烈，毛泽东语重心长地说："我们要得到群众的拥护吗？那么，就得关心群众的痛痒，就得真心实意地为群众谋利益，解决群众的生产和生活的问题，盐的问题，米的问题，房子的问题，衣的问题，生小孩子的问题，解决群众的一切问题。我们是这样做了吗？广大群众就必定拥护我们，把革命当作他们无上光荣的旗帜！"这时，客厅里响起了一阵阵热烈的掌声。干部们纷纷上前和毛泽东握手，一致表示：回去以后，决心向苏区模范才溪乡、长冈乡学习，把汀州市的扩大红军和群众生活等工作做好。

在省苏维埃政府的支持帮助下，长汀苏区的干部很快组织专门人员严厉查处少数不法盐商囤积的食盐，按政府规定价格供应群众，并发动群众就地取材熬制土盐，同时加强粮食调剂局工作，开设大米市场，切实保护商人正当贸易权益，鼓励白区商人多运来食盐、布匹、药材等苏区紧缺物资，贩去白区群众生活需要的长汀土特产，使食盐、白米、布匹、药材等价格逐步降了下来，群众生活难题也就逐步得到了解决，扩大红军和动员组织运输队等各项工作也很快开展起来。在松毛岭保卫战中，长汀县南山镇钟屋村（现为中复村）出现了"家家无闲人，户户无门板"的感人场面，这正是红军赢得群众支持的生动体现。

毛泽东在汀州调查期间撰写的光辉之作《关心群众生活，注意工作方法》告诫我们，无论做什么样的工作，都要牢固树立群众观点，都要时刻牢记全心全意为人民服务的思想，在工作中相信群众，依靠群众，时刻为群众着想，为他们排忧解难，这样才能加强与群众的血肉联系。只有践行这一点，人民群众才会心悦诚服地投入我们党领导的事业中。

● 福建省苏维埃政府旧址

第四节
秋白精神

瞿秋白是中国共产党早期的主要领导人之一。他是伟大的马克思主义者，卓越的无产阶级革命家、理论家和宣传家，中国革命文学事业的奠基者之一。毛泽东曾高度赞扬瞿秋白同志："在革命困难的年月里坚持了英雄的立场，宁愿向刽子手的屠刀走去，不愿屈服。他的这种为人民工作的精神，这种临难不屈的意志和他在文字中保存下来的思想，将永远活着，不会死去。"[1]

红军主力长征时，瞿秋白因患肺病，留在江西瑞金坚持游击战争，任中共中央局宣传部部长。1935年2月，他的肺病日益严重，中央决定派人送他转道香港去上海就医。当2月24日走到福建省长汀县濯田区水口镇小径村时，他们被当地反动武装保安团发现，突围不成被捕。当时，瞿秋白化名林祺祥，职业是医生，任凭敌人严刑逼供，坚不吐实，敌人一直不知道他的真实身份。在关押期间，瞿秋白同志用林祺祥的化名给鲁迅、周建人写信，信中曾写道，管监狱的人告诉他，如果有殷实铺保或有力的团体可以保释。杨之华同志看了瞿秋白给鲁迅、周建人的信以后，亲手做了两条裤子，连同鲁迅送来的50元钱，从邮局寄给了瞿秋白（即林祺祥）。鲁迅、周建人在上海设法筹集资金，

1 转引自中共中央文献研究编《毛泽东文集》第六卷，人民出版社，1999，第128页。

计划开一个铺子，准备营救瞿秋白出狱。然而 4 月 10 日，由于叛徒的指认，瞿秋白身份暴露。4 月 25 日，保安第十四团将瞿秋白押往长汀国民党三十六师师部。

由于瞿秋白在党内的特殊地位，国民党三十六师师长宋希濂一方面仰慕瞿秋白的人品学识，另一方面企望软化瞿秋白使其背叛中共，因而对他优礼有加。面对劝降之人，瞿秋白缓缓说道："人爱自己的历史，比鸟爱自己的翅膀更厉害，请勿撕破我的历史。"[1]

在看守们眼中，这位曾经的中共主要负责人，虽然看上去是个文静瘦弱的书生，但他那眉宇间却充满撼山般的力量。这种力量同样体现在瞿秋白旺盛的创作激情中，他为后人留下了数量惊人的政论文章、文学作品和翻译作品。瞿秋白患有肺病，国民党军医陈炎冰常到囚中给瞿秋白看病。他要求陈炎冰给他找些书看。陈炎冰找来一本唐诗、两本小说和几本医学杂志，瞿秋白很高兴，天天看书写东西、刻图章。

有一次，瞿秋白对陈炎冰和看守们说："现阶段中国革命是土地革命，毛泽东同志以农村为革命根据地包围城市，最后夺取城市，进而解放全中国，这是正确的革命路线。"

在正气凛然的瞿秋白面前，宋希濂始终一无所获。只得电告国民党最高当局，说瞿秋白毫无动摇之心，请中央最后定夺。

1935 年 6 月 18 日，蒋介石下令枪杀瞿秋白。在长汀县城中山公园，一桌酒肴已摆在八角亭里，身穿对襟黑褂、白裤、黑袜、黑鞋的瞿秋白迈步走向八角亭。按照特务连连长的安排，瞿秋白先在亭前拍照。他背手挺胸，两腿分立，面带笑容，为世人留下了一位革命者最后的丰采。照相后，他自斟自饮，旁若无人。酒兴中又高唱《国际歌》《红军歌》。痛饮多杯后，瞿秋白放声歌曰："人之公余稍憩，为小快乐；夜间安眠，为大快乐；辞世长逝，为真快乐也！"歌毕，瞿秋白走出中山公园，手夹

---

1 转引自《长汀文史资料》第 39 辑，政协长汀县委员会文史资料委员会编印，2006，第 3 页。

香烟，不时高呼："中国共产党万岁！""中国革命胜利万岁！""共产主义万岁！"走到城外罗汉岭下蛇王宫侧的一块草坪上，他盘膝而坐说："此地正好，开枪吧！"时年 36 岁的瞿秋白饮弹壮烈牺牲。

瞿秋白牺牲后，鲁迅身抱重病，编辑出版瞿秋白的遗作《海上述林》。鲁迅说："我把他的作品出版是一个纪念，也是一个抗议，一个示威，人给杀掉了，作品是不能杀掉的，也是杀不掉的。"[1]

瞿秋白同志短暂而光辉的一生，给后人留下了政治理论著作达 300 多万字，哺育、启迪了一代又一代的中国先进分子。瞿秋白同志还在党史上留下了多个第一：我国完整译配《国际歌》词曲第一人；

● 瞿秋白囚室

1 转引自《长汀文史资料》第 39 辑，政协长汀县委员会文史资料委员会编印，2006，第 9 页。

我国报道十月革命后苏俄实况第一人；我国用文艺体裁描写列宁丰采第一人；系统地向中国读者介绍马列主义文学艺术理论第一人。这些"第一"的精神品质，唯其稀缺，弥可敬仰，这就是鲁迅先生所说"第一个吃螃蟹的人"。

瞿秋白同志的一生是追求真理、追求共产主义理想的一生，他为共产主义理想奋斗牺牲的崇高精神永远让人们敬仰。作为秋白同志就义地的革命老区长汀，正是有了一批批具有崇高信仰、对党无限忠诚的共产党人，才绘就了 22 年"红旗不倒"的革命历史，谱写了感天动地的忠诚华章。瞿秋白同志在长汀留下的众多红色记忆，他身上所体现的"严"与"实"精神，在今天，仍然具有现实指导意义。我们要把瞿秋白同志留下的宝贵精神财富，转化为推动改革发展的强大动力，坚定信心，振奋精神，开拓进取，为长汀老区重振红土地雄风而努力拼搏。

第三章

绿色之梦

|大美汀州 | 长汀映像 |

长汀，曾以国家历史文化名城、客家首府、红色苏区、红军长征出发地之一而闻名遐迩。如今，长汀再度声名远播，从"水土流失冠军"到"水土治理典范"，被专家誉为南方水土流失治理的一面旗帜。

　　这背后，是具有客家之魂和红色精神的长汀人民，在各届党委、政府的引领下，为圆绿色发展之梦，30多年如一日治理水土流失而弹奏出的一曲"交响"赞歌。

第一节
项公指路

1941 年福建省研究院"河田土壤保肥试验区"研究人员曾经这样描述长汀河田的水土流失景象："四周山岭，尽是一片红色，闪耀着可怕的血光。树木，很少看到。""再登高远望，这些绵亘的红山，仿佛又化作无数的猪脑髓，陈列在满案鲜血的肉砧上面。在那儿，不闻虫声，不见鼠迹，不投栖息的飞鸟；只有凄怆的静寂，永伴着被毁灭了的山灵。"

长汀特别是重灾区河田的水土流失究竟起于何时，无法详考。不过从"柳村"变成"河田"的地名变化或可追本溯源，长汀水土流失历史最少在 200 年以上。

河田，原名柳村。因水土大量流失，大面积的崩沟塌河，河与田连成一片，山崩河溃，满目疮痍，形成"柳村不见柳，河比田更高"的景象，后人遂称之为河田。因河田属于红壤区，四周山岭尽为赤红色，像一簇簇燃烧着的火焰，故而又得名"火焰山"。

严重的水土流失，导致河田生态环境极为恶劣。一旦连续暴雨，便见洪水滔滔；雨停水歇后，又露沙见底。"晴三天，闹旱灾；雨三天，闹洪灾。"

1985 年的卫星遥感普查表明，长汀县水土流失面积达 146.2 万亩，占全县土地面积的 31.5%，长汀成为中国四大水土流失严重地之一。

● 河田八十里河水土流失原貌

　　山河创伤，人民受苦。"长汀哪里苦？河田加策武；长汀哪里穷？朱溪罗地丛。""头顶大日头，满山癞痢头，脚踩砂孤头，三餐番薯头。"这是 20 世纪初、中期在长汀广为流传的一首民谣，生动形象地反映了水土流失区当地人民的无边疾苦。

　　20 世纪 40 年代，长汀水土流失治理有过艰难起步，但收效甚微。长汀水土流失治理真正开始的时间是 1983 年，其时正逢改革开放的春风吹遍神州。

　　久旱逢甘霖，枯木正逢春。1983 年 4 月 2 日，时任福建省委书记的项南第一次来到河田八十里河。这就是 40 多年前土壤保肥工作志中记述"四周山岭尽是一片红色"的地方。面对这片全省最严重的水土流失区域，项南书记心情十分沉重。这位为全省政治、经济、社会发展而运筹帷幄的福建最高领导，此时吹响了长汀水土流失治理的进军号！他高瞻远瞩，一言九鼎：要把长汀从全省水土流失的冠军，变为全省治理水土流失的冠军。他召开省、地、县有关领导和科技人员座谈会，采取一系列措施来帮助长汀进行水土流失治理。就在八十里河，项南与随行的省领导及专家、科技人员边看边聊，诞生了广为流传的《水土保持三字经》。

项南书记提炼出来的《水土保持三字经》犹如一场春风化雨，给大家指明了一条治理水土流失的新路。从此，河田极强度水土流失的综合治理，成为福建省水土保持工作的重点，受到历届省委、省政府的高度

水土保持三字经

项 南

责任制，最重要；严封山，要做到。
多树种，密植好；薪炭林，乔灌草。
防为主，治抓早；讲法治，不可少。
搞工程，讲实效；小水电，建设好。
办沼气，电饭煲；省柴灶，推广好。
穷变富，水土保；三字经，永记牢。

● 项南的《水土保持三字经》

53

重视，拉开了水土流失治理攻坚战的序幕。

项公提炼的《水土保持三字经》，对治理长汀水土流失的指引作用是难以估量的。首先，较好地解决了"堵"与"疏"的问题。"三字经"头一句就是："责任制，最重要；严封山，要做到。"这充分说明了强化责任、严格封禁的重要性。然而，要真正做到严封山，就必须切实解决好群众的烧柴问题，否则水土流失治理永远是一句空话。在项南书记重视下，省委、省政府把长汀列为全省治理水土流失的试点，提出"3~5年见绿不见红"的治理目标，并组织省直6个部门和龙岩地区行署、长汀县共8家单位联合包干治理。省人民政府决定：从1983年起至1987年，5年内，由龙岩地区每年安排收购一万吨煤炭，供应河田群众烧煤。由省林业厅每年拨出育林基金20万元，主要用于培育苗木和造林补贴。由省水保办每年拨出30万元，主要用于供应煤炭补贴。这是长汀农村自从盘古开天地以来首次享受到了与城里居民一样的购煤待遇。省政府这一决策措施，解决了多年来河田人民梦寐以求的实际问题，大大调动了群众治理水土流失的积极性，治理水土流失由过去的"要我治"变为"我要治"。河田镇中街村民李元金在政府的鼓励扶持下，卖掉金戒指、金项链，举家搬迁到水东坊水土保持试验场，投入20多万元承包10亩荒山，开发果园8.67亩，兴建猪舍30多间，办起年出栏千头的养猪场，同时开辟池塘养鱼2000多尾，养鸭1000多只，实现种植、养殖两位一体，双双丰收，年利润达10多万元。

其次，在"三字经"的指引下，长汀县委、县政府把河田水土流失区域的治理工作真正提上了最重要的议事日程，先后制定了一系列符合地方实际的规定和乡规民约。并且把河田整个封禁地段划为60个责任区，推选出60个护林员，一区一人，落实地段，明确责任，奖惩兑现。形成了县、乡、村三级水保网络，保证了治理工作的顺利进行。在八十里河当年项南看到的崩沟危崖旁，有一座砖房，这就是河田水保站的管理工房。

据管理员韩步彬介绍，当年他和妻子管理这里的 109 亩山林，目前站里已不用发一分工资，全靠他在房前屋后种下的 100 多株板栗、200 多株水蜜桃养活自己，培养孩子读书。如今，八十里河的崩沟危崖已被包括 50 多个树种的灌木、阔叶林、针叶树所覆盖。

最后，探索出了多种形式的承包治理责任制。除八大家承包，还落实了个人、分户和联户承包任务，执行"谁治理、谁种植、谁得益"和"长期经营，允许继承、转让"的政策。其承包治理形式主要划分为四种。一是分户承包治理，国家在种苗、肥料方面进行适当支持（每公顷 150 元左右），个人治理、管理，收益归农户所有。其治理面积约占总面积的 60%。二是联户承包治理，收益按农户投成比例分配，其治

● 河田水保站

理面积约占总面积的 20%。三是统一治理，分户管护，国家辅助种苗、肥料，分户按统一规划的要求治理，收益大部分归群众，国家集体收回成本。其治理面积约占总面积的 10%。四是集体承包治理，由专业队管护，如兴办村一级的集体水保林果场等，收益按投入比例分配，其治理面积约占总面积的 10%。通过多种形式承包，干部、群众已得到实惠。当年三洲水保站 3 个工作人员，在承包果树基地的同时，通过多方筹资，办起养牛、养猪场及米粉加工综合厂，开发短、平、快项目，不但解决了自身收入的问题，又增加了水保站的收入。罗地村发动村民大种大养，

●长汀县水保科教园风景区项南纪念亭

取得了粮、果、牧三丰收，1994 年人均收入 938.5 元，1995 年人均收入 1163.3 元。许多干部群众感慨万千地说："水土流失在旧社会治不了，吃'大锅饭'年代治不了，只有在农村改革后才治出了成效。"

在项公指路下，经过全县人民的不懈努力，河田极强度水土流失状况发生了令人振奋的巨大变化。至 1995 年，共治理荒山 1.14 万亩，占水土流失总面积的 72.26%，取得了明显的生态效益、经济效益和社会效益。昔日的"火焰山"披上了一层绿装，植被覆盖率由原来的不到 10% 提高到 50%~85%；大幅度减少泥沙下山，河床普遍涮深 0.6~1 米，有效地减轻了洪涝灾害，初步控制了水土流失，土壤侵蚀模数由治理前的 8580t/（km²·a），下降到 449~695t/（km²·a）。生态条件的改善，有力地促进了农业生产的发展和人民群众生活水平的提高，农民人均收入由 1982 年的 106 元提高到 1994 年的 947 元。长汀河田极强度水土流失的治理成效得到众多领导和省内外许多专家的充分肯定和高度评价，于 1989 年 9 月通过省级鉴定，圆了河田人民世世代代的绿色之梦。

为缅怀项南同志对长汀水土流失治理工作的贡献，长汀人民自发筹资在河田建起了项公亭与项公园。

第二节
八字箴言

2012 年 5 月 17 日，"全国总结推广长汀水土流失治理经验座谈会"在长汀召开，"滴水穿石，人一我十"这句言简意赅、通俗易懂的八字箴言传遍了大江南北，成为最为人津津乐道的长汀精神。

其实，"滴水穿石，人一我十"八字箴言并非源自长汀。据长汀县水保局原局长钟炳林介绍，这八字箴言是习近平总书记 1988~1990 年任福建省宁德地委书记时，为激励当地干部群众攻坚克难，争取早日脱贫致富而提出的。

1999 年 11 月 27 日，时任中共福建省委副书记、代省长的习近平专程来到长汀视察水土保持工作，他站在长汀水土流失最严重地区之一的河田露湖村山头上，号召长汀人民要不畏艰难、锲而不舍、统筹规划，用 10~15 年的时间，完成水土流失治理。一个多月后的 2000 年 1 月 8 日，习近平同志亲自批示，将长汀百万亩水土流失综合治理列入省政府为民办实事项目，使长汀的水土流失治理进入了一个划时代的崭新阶段。

在这个千载难逢的机遇面前，长汀多么需要能激励干群、鼓舞斗志且通俗易懂的口号。2001 年春，一位省领导向钟炳林提到了习近平总书记主政宁德时提出的"滴水穿石，人一我十"这八个字，觉得十分适用于长汀水土流失治理工作。钟炳林一听，顿时眼睛一亮：是啊，这八个

● "滴水穿石，人一我十，治理水土"标语

字太好了，我们完全可以用这八个字来激励全县人民搞好水土流失治理。2001 年 5 月，"滴水穿石，人一我十，治理水土"这条标语覆盖到了长汀县每个乡村，成为动员全县人民大力推进水保的最引人注目、最有感召力、最明白晓畅的一条标准。"八字箴言"启迪并催生了许多水土流失治理的"长汀独创"。

独创之一："斧头收起来""锄头扛起来"

水土流失治理必须大面积封山育林，让大自然休养生息。"斧头收起来"就是实行严格封禁，是治理水土流失的"牛鼻子"。2012 年，时任长汀县县长的李善昌签发了封山育林命令——这是新中国成立以来长汀县仅有的两个县长令之一。与此同时，长汀建立了关于护林失职追究制度、封禁区群众燃料补助制度以及严格生态保护等一系列规章制度。引导农民以煤代柴、以沼代柴、以电代柴。据统计，近年来河田水土流失区内共建有沼气池 11465 个，近 1.3 万户群众告别了做饭烧柴草的历史。长汀县水土保持局叶辉副局长介绍:"2000 年至今,治理荒山 34.3 万亩,其中封禁恢复 25.7 万亩,约占 75%。"

● 封山育林命令

何谓"锄头扛起来"?长汀县水保站站长彭绍云说:"长汀过去人口密集,过度砍伐是造成水土流失的主要原因。因此要治理水土流失,既要让老百姓'放下斧头',又要'扛起锄头'。"为让水土流失区老百姓扛起锄头,长汀创新资金补助模式,以奖代补,鼓励公司、农户在水土流失区租赁承包山地发展果业、养殖业和农副产品加工业,经营权 30 年不变,以生态恢复带动农民致富。创新资金补助模式的出台,在水土流失治理这一巨大工程中,起到了四两拨千斤的效果,涌现了大批像兰林金这样的"草根英雄"。

过去 10 多年来,长汀县三洲镇戴坊村的红旗山上,不管风吹日晒,人们总能看到一个忙碌的身影。他独自承包了红旗山 2270 亩山地,已经种了 1000 多亩油茶。他就是远近闻名的种树能手——"断臂铁人"

兰林金。

55岁的兰林金左臂肘以下只有两寸多的小臂，右臂从肘部以下什么都没有，还装着一只义眼。尽管如此，他挖坑、种树却显得相当轻松。生在这片红色土地上，红军"一不怕苦二不怕死"的基因已经根植在兰林金的身上。特种兵出身的他，又练就了钢铁般的意志、"滴水穿石"的精神。乐观的生活态度，让他十年如一日地坚持下来。兰林金说："之前种树欠了很多债，现在，政府提出了发展林下经济的号召，我就在油茶树下的空地上种了100多亩生姜、100多亩太子参、150亩黄栀子，还种了20多亩晚秋黄梨。又和人合伙投资兴办了生姜加工厂，'断臂铁人'的商标已经注册下来，未来年收入至少可以达到上千万元。"

独创之二：反弹琵琶草先行

也许很多人都不会想到，"没有花香，没有树高"的不起眼的小草，却是长汀水土流失治理的"大功臣"。长汀县水保局原局长钟炳林介绍，长汀大部分的"光头山""火焰山"都经历了"常绿阔叶混交——针阔混交——马尾松和灌丛——草被——裸地"的演变过程，因此，中强度流失区治理必须"反弹琵琶"，也就是以草灌先行，将这种演变过程反其道而进行生态修复。经过多年摸索，"反弹琵琶"治理终于让河田百年荒山披

● "断臂铁人"兰林金

上绿装。河田镇露湖村就是一个典型，这里属强度、极强度水土流失区，面积 28345 亩。采取等高草灌带种植法、小穴播草种植法治理，由易到难，最终长出了草、灌、乔混交群落，面积达 2579 亩。冯宗炜院士对"反弹琵琶治理法"和"被子加票子"模式尤为赞赏，他说："反弹琵琶治理法是顺应自然规律的治理模式，长汀探索出了很好的生态模式、水土保持治理模式，值得总结和推广。"

"大哥，这里放养的土鸡真漂亮，逮两只卖给我吧？"旅游旺季，长汀县水保站技术人员廖洪海每天总被游客央求好几次，他笑着回答："那都是野生的鸡，漫山遍野跑。"

在县水保局工作 20 多年，经历了长汀生态修复前后沧桑巨变的廖洪海感慨回忆：8 岁放暑假时，他从县城到河田亲戚家做客，那里的"沙漠"景象令他极为震惊——四周山岭都是红土壤，一片红色，基本看不到树，偶然杂生的几株马尾松或木荷，正像红滑的癞秃头上长着几根黑发，萎绝而凌乱。"这几年，乔灌草多层次的植物群落初步形成了，山上的野禽、飞鸟又回来了，村里那断流多年的小河又过流了……村民心里明白，省委、省政府长期倾力抓生态治理，改善了这里的小气候和环境，为生物多样性创造了良好条件。"

独创之三：山上养猪半山种树

"草喂猪，猪下粪，粪变沼肥，肥果树，我一年纯收入十多万元。"长汀策武镇南坑村村民袁茂盛乐呵呵地介绍："多年来，村里很多人由绿受益，由绿致富，所以生态保护意识很强。许多农民像我一样，也摸索出一些符合村情乡情的整治水土流失的'秘籍'。"

当年袁茂盛承包荒山创建的果场，如今山顶是猪圈，养着 200 多只母猪，旁边是 8 亩多狼尾草，下面是 1000 多株银杏树，还有 300 立方米的沼气池。这个果场已逐渐实现经济效益与生态效益双丰收，成为当地的示范果场基地。

可在 1995 年，袁茂盛承包租赁开发荒山，将家搬到山顶时，小院所在地是个寸草不生的坡地，风雨大时，屋顶都被掀翻，夏天偶尔还有眼镜蛇入室"做客"，把夫妻俩吓得不敢下床。村里老人当时都劝说，山顶四面空旷，不靠山，建房风水不好。袁茂盛不信这个邪，边学边干边摸索，先进行了坡改梯，在小院四周种上狼尾草，养了200多头猪，又用猪粪发沼气，解决了烧水做饭问题。周边的狼尾草长势很好，一垄一垄地把黄土坡都覆盖了。之后，他不断总结完善养猪、种草、种树经验，整治的荒山面积逐年扩大。袁茂盛很感慨:"现在我常说,这里的'风水'是林木花草，水土保持不仅改善了生态，还让我们过上了好日子！"

在长汀的千山万壑中，袁茂盛夫妻只是一个缩影，诸多村民相继由"绿"变"富"，他们和袁茂盛一样，家家户户都有一套带有各自特色最终让荒山披绿的"武功秘籍"。

独创之四：科学治理"聚宝盆"引来"金凤凰"

● 南坑村村民袁茂盛的果场

● 长汀水土保持博士生工作站

　　在河田镇长汀水土保持站里，有一栋白色三层小楼，是长汀水土保持博士生工作站，被长汀当地人称为"科技聚宝盆"。长汀县水保局副局长岳辉说，长汀毕竟是山区县，人才匮乏，单靠自己，不少难题解决不了。因此，水保局邀请各科技单位、科研人员前来长汀开展研究。

　　如今已是福建师范大学地理科学学院教授的陈志彪，就是最早受邀的科研人员之一。2001年，他正为博士学位论文选题四处奔走，受邀考察完长汀的水土流失后，就被长汀这块红土地以及长汀县水保局的求贤若渴所吸引，于是就在长汀专注他的博士学位论文研究，并与长汀结下了不解之缘。陈志彪教授说，当时，博士生工作站为前来研究的博士提供了2万元差旅费，并配备熟悉当地情况的人员协助野外调研，在很大程度上解除了研究工作者的后顾之忧。2005年，陈志彪成为该博士生工作站第一个毕业的博士生。此后，他连续申请了三个国家自然科学基金项目，都跟长汀水土流失有关。他还从每个项目中抽取几万元经费反哺给长汀，支持当地的科研。如今，他每年都带着研究生到长汀继续开展水土保持方面的研究。

据悉，长汀水土保持博士生工作站与中国科学院、中国工程院、北京林业大学、福建师范大学等单位建立了良好的联系，吸引了12名博士研究生、45名硕士研究生在长汀开展研究，为当地治理水土流失提供了高层次的人才支撑和科技支撑，大大提高了长汀治理水土流失的水平。

长汀人民经过多年着力实践"八字箴言"，逐渐探索出一条适宜南方水土流失治理的新模式。对于长汀人民来说"滴水穿石，人一我十"这八个字永远不会过时，这不仅是我们做好水保工作的"八字箴言"，更是长汀发展经济的"八字箴言"。

第三节
二次批示

2011年冬天，对于长汀人民来说是一个"充满春天般温暖"的冬天。"上天下泽，春雷奋作"。[1]红土地让人隐隐约约地感到"春雷"震响，透出新一年希望的开始。

2011年12月10日，《人民日报》发表了题为《从荒山连片到花果飘香——福建长汀十年治荒　山河披绿》的文章。中央书记处书记、国家副主席习近平阅后作出重要批示："请有关部门深入调研，提出继续支持推进的意见。"随后，中央政策研究室会同国家发展改革委、财政部、环保部、水利部、国家林业局和国务院扶贫办等七个部门组成联合调研组，到长汀开展水土流失治理专题调研，提交了《关于支持福建省长汀县推进水土流失治理工作的意见和建议》。

2012年1月8日，习近平副主席在调研报告中作出重要批示："同意中央七部门联合调查组关于支持福建长汀推进水土流失治理工作的意见和建议。长汀曾是我国南方红壤区水土流失最严重的县份之一，经过十余年的艰辛努力，水土流失治理和生态保护建设取得成效，但仍面临艰巨的任务。长汀县水土流失治理正处在一个十分重要的节点上，进则全胜，不进则退，应进一步加大支持力度。要总结长汀经验，推进全国水土流失治理工作。"

　1 转引自班固《汉书·叙传下》。

中共福建省委办公厅

12月10日，习近平副主席在当日人民日报刊载的《从荒山连片到花果飘香 福建长汀十年治荒山河拔绿》上作出批示："请有关部门深入调研，提出继续支持推进的意见。"

当晚，习副主席的秘书致电中央政研室何毅亭副主任，告知，习副主席交待，请毅亭同志协调，与有关部门联合调研一次，就继续推进福建长汀开展水土保持治理工作，写出情况报告，并请毅亭同志指定哪些部门参加调研。

中共中央政策研究室

近平同志：

遵照你的指示，我同国家发展改革委、财政部、环保部、水利部、国家林业局、国务院扶贫办等单位主要负责同志联系协商并落实了调研事宜，组建了调研组，调研组出发前我召开了动员会，传达了你的批示精神，对完成好这次调研任务提出了要求。12月21日至25日，调研组到长汀进行了实地调研，回京后对调研涉及的重要问题进行了集体研究，提出了支持长汀推进水土流失治理工作的意见和建议。

参加调研的中央有关部门对你的批示高度重视，对继续支持长汀推进水土流失治理工作都给予大力支持。现在初步匡算，已经明确纳入现有……

● 习近平总书记两次重要批示

　　习近平总书记先后两次对长汀水土流失治理工作作出的重要批示，极大地鼓舞了长汀人民，使他们更坚定了加快水土流失治理和生态保护建设的信心和决心。据统计，在国家有关部委及省、市各级各部门的关心重视和大力支持下，经过多年治理，长汀的林地面积已由1986年的275.4万亩提高到2011年的370.15万亩，森林覆盖率由59.8%提高到79.4%，森林蓄积量由1024.8万立方米提高到1288.83万立方米。按照习近平总书记"进则全胜"的要求，2012年2月，长汀再次发出《封山育林的命令》县长令，指出水土保持工作主要就是封、管、造，而封山育林是重中之重。为凝聚社会各方力量共同开荒治荒，长汀县出台了山林权流转制度，谁种谁有，谁治理谁受益，不仅鼓励公司、农户承包、租赁，还鼓励干部带头承包荒山种果种茶，并由单位担保贷款。长汀县

● 三洲杨梅园

属南方丘陵、红壤水土流失区，针对区内的土壤植被特点，长汀县按水土流失程度采取不同的治理措施，生态修复保护植被，种树种草增加植被，"老头松"改造改善植被，发展"草牧沼果"改良植被。同时探索出水土流失治理与开发相结合的路子，由政府出资修建路网，给予苗木、肥料每亩补助300元，水池每个补助180元。通过补助营造"聚资盆"，吸纳社会资金参与开发治理。昔日水土流失最严重的三洲镇，通过水土流失地流转，共种植杨梅1.2万亩，成了远近闻名的"杨梅乡镇"。

在杨梅的带动下，森林人家、农家乐等乡村旅游项目红红火火。杨梅园经营业主戴水红说："现在效益很好，感谢三洲镇党委、政府的关怀和宣传，给我们带来了很好的效益，每户收入差不多几十万元了。"

鲜红水嫩的杨梅，成了长汀县三洲人的希望果、致富果。随着杨梅的名气日益增大，三洲镇借助杨梅搭台，引来了一批批游人，同时也带来无穷的商机。全国人大代表福建盼盼食品集团总裁蔡金垵来到三洲杨梅园，心情十分愉快："到这里，就好像融入了大自然，可以在摘果过程中，把整个大自然的美尽收心中。自己采摘和到商店买来就吃那种感觉是完全不一样的。就如小时候讲的'吃鱼不如抓鱼爽'，道理就在这里。"

原来一片荒芜的长汀县涂坊镇溪岭、扁岭百年茶山山场，引进外资福建天子湖农业发展公司租赁后，采取"公司 + 基地 + 农户"模式，雇请工人对茶山劈杂、修剪、施用生态有机肥，分期改造了 4000 亩茶园，新植 1000 亩茶园，使百年茶山重新焕发了活力。公司负责人蔡美文介绍说："这边的优势首先是地理环境的优势，高海拔、雾日长；其次是采用我们那边岩茶的制作工艺；另外，该区域有一个特性，它的春茶不长虫，海拔和空气湿度成就了它的特殊条件。"到目前为止，福建天子湖农业发展公司已投入 3000 多万元，出产的"高山乌龙、野山红茶"在 2012 年上海国际茶业博览会上获得了"金奖"和"银奖"。

在二次批示精神指引下，长汀创新封禁模式，实施"大封禁、小治理"。大封禁，实行封山禁柴禁伐，依靠大自然的自我修复能力，修复生态；

● 涂坊镇溪岭、扁岭百年茶山

小治理，是对极小部分水土流失剧烈区域辅以人工治理，加快自然修复的速度。据长汀县水保局岳辉副局长介绍，当年，为了鼓励村民保护生态，建立疏导用燃渠道，在封育保护治理区内农户全部改煤气或沼气灶后，由政府出资补贴煤气、沼气，解除群众用燃的后顾之忧，从源头上杜绝农民烧柴对植被的破坏，促进生态自我修复。

实实在在的效益是最好的动员，得到切身利益和实惠的农民保护水土的热情空前高涨。河田镇露湖村年近80岁的沈金木经常在山上转悠，喂猪、看树、检查林子里是否有冒烟的烟蒂，这是他这几年养成的习惯。老沈中气十足地说："老了在家也没事，到处走走也好，呵护好我们的山，我们的生态。"

"保护家乡生态，咱家不能拖后腿。"老沈平日常常把从前的自己当作"反面教材"来教育儿孙。以前，地贫人穷，村民只好割草砍柴，挑到县城卖，结果山越砍越荒，人越活越窝囊。因为水土流失严重，田地没有肥力，水稻一年最多只能种一季。

"现在不同了，山美了，水多了，土壤肥了，水稻能种两季了。"老沈说，当初，村民也并非全部配合治理的。现在生态环境好了，这得益于省里重视，出钱出政策，以激励机制引导村民保护水土。

长汀县在进行保土工作时，水源治理也在同步进行。长汀县原县委书记魏东对此深有体会："生猪养殖较为集中的地方，在带动农村经济发展的同时，也对水环境造成较大影响。"魏东介绍，他们从划定禁养区、可养区入手，对禁养区内养殖场限期搬迁、关闭，对可养区养殖场分期分批治理。2012年以来，在国家资金的支持下，龙岩市开展了汀江源头治理和农村连片整治，启动重点流域沿江重点乡镇污水处理建设工程，2015年底已完成汀江流域周边1公里范围内及土楼景区的乡镇等共85个乡镇的生活污水处理设施建设。2018年年底前，还将计划投入20.8亿元资金，确保流域生态环境持续改善。

为全面提升水土保持工作水平，长汀县积极引导水土流失区农民转移就业，目前已转移水土流失区近 10 万农民到开发区企业就业，为巩固水土保持成果提供了有力保障。重点水土流失治理区长汀县河田镇马坑村青年雷燕华，经过县里提供的免费技能培训后，在盼盼公司找到了工作。对此，雷燕华感触颇深："在家干农活，上山砍柴割草，日子过得挺苦的，现在一个月有 3000 多元，我感到很满足。"长汀县水土流失严重的乡镇包括河田、三洲、濯田、策武、南山、宣成、涂坊等，人口达 26.2 万。近年来，长汀县把技能培训班和创业培训班办到水土流失区农民家门口，通过培训，农民在顺利就业的同时大幅度提高了收入标准。策武镇策星村村民、福建荣耀纺织有限公司员工钟佳越说："以前，刚从学校出来，出门打工。后来参加了荣耀纺织厂在策武办的培训班，学了一点技术，就到这里来上班了。现在已经做了细纱班班长了。我们还交了社保，退休后还可以拿退休金。"

近四年来，在有关部委及省、市各级各部门的关心、重视和大力支持下，长汀县按照"进则全胜"的要求，发扬"滴水穿石，人一我十"精神，坚持水土流失治理与发展经济并重、与强林惠农并举、与民生改善并行，走出了一条治理水土流失的成功路子。据 2015 年底卫星遥感调查，长汀水土流失面积从 2011 年底的 47.69 万亩下降到 39.6 万亩，减少 8.09 万亩，水土流失率降低 1.74 个百分点，水土流失面积减少 16.9%。2015 年，农民人均可支配收入 11658 元，比 2014 年增长 10.2%。其中，重点水土流失区河田镇农民人均纯收入 10135 元，比 2010 年增加 5315 元，增长 110.3%。这一降一升的数字，体现了长汀"荒山—绿洲"的历史性转变，也是长汀人民落实习总书记二次批示精神，实现"百姓富，生态美"的最好诠释。

第四节
绿梦成真

　　30 多年来，长汀人民按照"进则全胜"的要求，发扬"滴水穿石，人一我十"精神，累计治理水土流失面积 162.8 万亩，减少水土流失面积 98.8 万亩，森林覆盖率由 1986 年的 59.8% 提高到现在的 79.5%，植被覆盖率由 15%~35% 提高到 65%~91%，实现了"荒山—绿洲—生态家园"的历史性转变，7 个乡镇 106 个村共 20 多万人直接受益。2012 年以来，长汀先后被评为现代林业建设示范县、全国水土保持生态文明县。长汀人民多年期盼的绿梦终于得到实现。

　　如今长汀的生态环境是老一辈人想都不敢想的。走进过去的水土流失区，放眼望去，处处绿意盎然、鸟语花香。过去的"火焰山"变成了绿满山、果飘香，基本实现了"山青、水绿、景美、民富"。一批水果、花卉苗木、休闲观光旅游等生态产业发展起来了，工业园区火起来了，既减轻了生态承载压力和水土流失治理压力，又增加了农民收入。南坑、露湖、三洲等昔日水土流失的重点区域，如今已实现生态家园的目标。据长汀县林业局高级工程师范小明介绍：在水土流失治理过程中，荒山绿了，百姓富了。全国"治理四荒示范户"赖木生在河田、策武等水土流失区经营的果园就达 1300 多亩。策武镇南坑村党支部书记沈腾香带头搞生态种养，带领全村人把"难坑"变成了"富坑"。女"愚公"马雪梅治理荒山 15 年，把濯田镇莲湖村塘尾角的"火焰山"变成"聚宝盆"。兰林金一个人种绿了一座山。林业生态建设有效改善了生态环境和农业生产条件，2000 年以来，长汀县 2.8 万亩缺水农田得到改善。

"问渠那得清如许，为有源头活水来。"长汀县林业局局长巫成火说："作为汀江源头的县域，近四百万亩林地的生态保护显得尤为重要。一方面，要大力实施封山育林工程，巩固水土流失治理成果。另一方面，要加强重点区位生态公益林的保护，力争把生态公益林面积稳定在全县森林面积的 30% 以上。通过套种阔叶树、珍贵树，对重点水土流失治理区进行森林抚育工作。利用好生态产品、生态成果，实现绿色产业绿色增长。"为实现这一目标，2008 年以来，长汀县把为名城增绿色作为落实科学发展观、加快建设"山清水秀、业兴民富、安定和谐"的海峡两岸经济区西部重镇的一项中心工作，以生态效益为目标，以实施汀江上游水涵养林建设工程、打造绿色通道工程、种植名贵树木、创建绿色家园为重点，创造营造林发展思路，探索出了一条比较切合县情实际的营林工作新路子。

由于历史等诸多原因，汀江上游山地植被遭受人为破坏严重，林分质量差，树种单一，加上资金投入不足，汀江上游荒山、疏林地未能得到及时有效绿化，生态功能脆弱，导致汀江流量减少和水质下降，影响中下游地区的生态安全，群众对此颇有怨言。为从根本上解决这一老百姓关心的问题，从 2008 年下半年开始，县林业部门组织工程技术人员开展了水源涵养林规划设计工作，拟用 5 年时间对汀江上游沿岸第一重山 3 万亩的疏林地、宜林荒山、火烧迹地及郁闭度 0.4 以下的低效林分进行造林补植，主要种植水源涵养能力强的珍贵阔叶树种。

长汀县庵杰乡原林业站站长马乂冬说："在县级主管部门大力支持下，我们组织工人在庵杰、涵前、各行政村公路沿线、汀江两岸进行近千亩的珍贵树种阔叶林补植，通过这次阔叶林补植把原先单纯的针叶林改变为珍贵树种，提高生态保护效益，真正做到保护水土，美化环境，兴业富民。"

长汀县庵杰乡涵前村党支部书记张常连介绍说："现在我们的汀江两岸都种上了珍贵树种，这对涵养水源、美化我村的环境是很有好处的，这是政府筹钱给我们办的大好事，人民群众的满意度很高。"短短两年时间，长汀县林业部门就在庵杰乡的涵前村、庵杰村，新桥镇的江坊村、叶屋村、牛岗村等上游生态功能区内营造水源涵养林2304亩，主要新造树种有香樟、木荷、马褂木、深山含笑、桂花、杨梅、红花檵木、枫香、桉树等。这些珍贵阔叶树种的种植，有效涵养了水源，绿化了汀江源头。

为名城增绿色，厦蓉高速公路长汀段沿线两侧的绿化景观是个重要标志，也是构建山清水秀生态县的具体体现。绿色通道植树班组负责人张广东说："这边山场是我负责的绿色通道的造林山场，树种有枫香、木荷、香樟等，成活率达95%以上。"目前，长汀县绿色通道建设首期5600亩造林任务已圆满完成。经验收，成活率高达90%以上。

● 汀江源头的水源涵养林

为名城增绿色，仅靠政府投入，显然难以做到可持续发展，只有围绕以资源培育为基础、以保护生态为重点、以提高效益为目标，广泛发动农民和社会能人，以新农村建设为契机，激活民资投入，大种名贵树，优化林种结构，增加森林资源总量，才能真正让青山长绿、汀江水清、农民得实惠。为推进此项工作，在县委、县政府的领导下，县林业局采取了两个得力举措。一是结合新农村建设，确定策武镇德联村等 17 个示范村，采取政策扶持的方式，对种植名贵树的示范村，名贵树苗、挖穴费用由林业局负责，经检查验收确认成活的树木，再给予业主每株补助 1 元钱。目前，全县 17 个示范村已全面完成名贵树栽植任务。在示范村的带动下，全县种植名贵和优良树种 60 多万株，完成义务植树 85 万株。德联村干部赖炳荣说："我们已经种了 11000 多株名贵树，在县林业局技术人员的指导下成活率达到 90% 以上。种树是百年大计，种了树可以保护水土，等树苗长大以后，无论阳光、空气都有新的起色。"

二是着力培育新资源，引导林产品加工企业自办原料林基地，扶持个私业主加快速生丰产林建设，增加全县森林资源总量，为名城增绿色奠定坚实基础。长汀县春林林业投资有限公司代表汤崇福介绍说："我们已经在长汀的汀南片，就是河田、四都、濯田、南山、涂坊等乡镇，租赁山场面积约 14000 多亩，2008 年已种 5000 亩，总投资约 380 万元，我们计划在长汀种 10 万亩速生丰产林，发展我们长汀的桉树种植产业。"

汀江两岸居住区农民罗发娣说："现在封山育林确实搞得好，自从封山育林以后，河里的水也大了，也清多了，可以说真正达到山清水秀，鱼也多了，现在山上绿叶到处密密麻麻。"

经过 30 多年的不懈努力，如今的长汀，特别是水土流失区，一座座青山，一处处果园，一块块良田，一条条江水，无不诉说着一个个动人的故事。有自来水厂的山区能够用上燃气热水器，这听起来真难以置信。然而，这一奇迹却真实地发生在长汀县河田镇罗地村沿山而居的农户家中。

在河田镇罗地村村民严忠益家中，清清的山泉水正沿着农户自己铺设的竹管道缓缓流入屋后的蓄水池里。用上燃气热水器的严忠益说："我家8口人能够用上免费'自来水'得益于封山育林带来的好处。近几年来，山上的泉水从来没有断流过，现在全村已有10%以上的农户洗澡用上了热水器。"

罗地，原来是河田镇有名的"火炉"村。根据1983年的普查，这里的5000多亩山地属于极强度侵蚀劣地，满目皆黄，触目惊心，20世纪70年代末被称为"火焰山"。山头平均每年下蚀2厘米，径流水区坡面侵蚀平均为每年每平方公里8580吨。罗地村老村委会主任吴炳养说："过去这里的山坡只见红土不见草，碰到雨季，山洪暴发，水冲沙压，大片良田被沙化，村民生活长期处于贫困状态。"

1984年以来，历届省、市、县政府相继投入巨大的人力、物力综合治理河田及周边乡镇的水土流失。罗地这座"火焰山"开始发生可喜的变化。罗地村原党支部书记罗成养感慨地说："罗地村的变迁，多亏了党和政府的鼎力扶持，没有共产党，没有社会主义制度，单靠罗地村民自我治理，就是再干一百年，火焰山上也难以让农民用上燃气热水器。"中共福建省委原书记贾庆林到这里视察时，高兴地称罗地村的水土流失治理为"伟大的实践""共产党的丰碑"。

"火炉"村濯濯童山变成翻浪的绿海，这只是长汀综合治理水土流失效果的一个缩影。长汀县水保局领导说：长汀各级党委、政府把治理水土流失作为"民心工程""生存工程""发展工程""基础工程"，把工作着力点放在凝聚民心、发挥民智、调动民力上，尊重群众的首创精神，集聚全县人民的力量，发扬老区人民自力更生、艰苦奋斗和"滴水穿石，人一我十"的精神，几十年如一日治理水土流失，辛勤的汗水终于换来了今天的绿水青山。

第四章

创新之路

| 大美汀州 | 长汀映像 |

曾是国家贫困县，又是全国四大水土流失区之一的革命老区长汀县，进入 21 世纪以来，50 多万长汀人民，在历届县委、县政府的带领下，以创新精神迈步新长征，治水土、重民生、抓"医改"、上项目、兴产业，牢牢把握发展机遇，主动融入海峡西岸经济区建设，树立沿海观念、生态观念、工业观念，找准发展位置，上下齐心协力，各项事业取得长足进步，创造出被省、市肯定的"长汀模式""长汀经验"。

第一节
长汀路径

2009 年，新一轮"医改"在全国范围内启动，"强健基层实力、实现分级诊疗"是这场改革的重要目标，调动广大基层医务人员积极性，是保证基层医疗卫生机构回归公益性的重要前提。长汀县通过"归口管理、三权下放"等创新性做法，深化基层医疗卫生改革，几经探索，闯出了一套可复制、可操作的医改版"长汀路径"，为人所熟知。

长汀县的统计数据显示，2015 年长汀县居民县城内就诊率达到86.2%，基本实现了"小病不出乡，大病不出县，重症疑难杂症才到县外"的分级诊疗格局。长汀县的主要做法被列入福建省深化医药卫生体制综合改革试点方案中。

2009 年医改后，为保障乡镇卫生院的存活，很多地方采用"财政全包""收支两条线"的举措，虽然确保了乡镇卫生院的生存，但也带来了另外一个问题——积极性丧失。一是工资由财政直接划到医护人员的卡里，与工作量多少、好坏完全没了关系；二是不管卫生院运营有多好，收入全部上交，卫生院自身与此也没了关系。"这样做谁还能有积极性？"主管财务多年的长汀县卫生局副局长邱道尊说。

正是预见到了这样的弊端，长汀"医改"选用了另外一套路径："归口管理、三权下放。"县政府遵循"政事分开、管办分离"原则，将乡镇卫生院的人事、业务、经费以及干部任免等办医和管医职能，归由县卫生局代表县政府统一履行，县编办、人事、财政等部门对卫生院进行宏观指导，赋予乡镇卫生院相应权力，并使其对卫生局负责。这样，政府的"角色"就从办医院为主转到管医院、管规划、管医疗资源均衡分布、管政策、管公平、管执法为主。县卫生局在完善归口管理制度的基础上，将人事权、分配权、经营权全部下放给18个乡镇卫生院。卫生院可根据业务发展需要，自行聘用人员，前提是必须具备执业资格；且所聘人员和在编在职人员必须同工同酬，奖金部分可自行设定分配标准，条件是必须体现多劳多得；在"保基本"这个大任务必须完成的基础上，乡镇卫生院可自主发展专科。

"三权下放"之后，长汀18家乡镇卫生院几乎可以用"一夜巨变"来形容。坐落在汀江上游的长汀县新桥镇，本来是"最不适宜"发展乡镇卫生院的：离县城很近，只有13公里，患者去县医院很便捷；人口两三万，只有河田的1/3，患者自然也少。可院长戴秋林偏偏把它变成了"最适宜"。要做就做"县医院不愿意干的、村医又干不了的"，戴秋林看中了发展治疗精神病科的路子，"三权"一到手，一边盖新病房楼，一边招聘相关专业人员。短短几年，新桥卫生院竟发展成全县甚至是全龙岩市颇具实力的精神病专科医院，建成了综合诊治、病房、精神专科3座大楼，面积超过2万平方米，病床从原来的十几张发展到200多张。院内疗养区清泉绿树、草木茵茵。还有专门的营养膳食配餐、中医辅助治疗等。

这么大的投入，是不是要靠提高收费才能回收呢？恰恰相反。戴秋林说："第一，我们这种乡镇卫生院所有的收费，必须依据2005年国家颁布的标准执行。第二，我们和大医院竞争的不是高精尖的专业技术而是基本医疗服务，用服务吸引和方便患者。"在此基础上，戴秋林还琢磨出一项新产业——养护＋养老。由于年轻人打工在外，这里的患者90%以上是老人。"无病疗养、有病治疗"，按照这个思路，他们把病床按 7：3 的比例设置，组建医养服务中心，老人有病直接转入康复区治疗，痊愈后由康复区转入托养区颐养，让农村养护与养老实现了无缝衔接。正在长汀县医养中心进行康复治疗的老人梁长康说："我今年 88 岁了，孩子都没有帮我刮胡子，现在却有人帮我刮，这里的医护很好！"正是抓住了"特色专科"的关键，长汀县新桥卫生院门诊量从 2009 年前每月二三百人激增至现在的六七千人，净增 20 倍以上。

其实这个思路也正中长汀县河田卫生院之怀。河田人口 7 万，由于地处水土流失区，长期的治荒工作让当地群众普遍患有慢性风湿病症。以往这种慢性病无药可治，只能在家中饱受煎熬。正是瞄准了这样一个市场，河田卫生院新建了康复专科。在这里接受理疗的小沈说，自己患腰椎间盘突出，严重时不能下地干活。和县医院相比，这里离家近，费用也便宜，"新农合报销后，一天只要 10 元钱"。小沈的主治医生吴俊是院里的骨干，福建中医药大学本科毕业。吴俊回忆道："2009 年刚到卫生院工作时，一个月的收入只有 800 多元。后来卫生院有了分配权，科室把业务收入的 18% 作为医务人员的奖励性绩效，病人越多，收入越高。现在，1 个月的收入能有四五千元。我是本地人，当然不会离开了。"凭借康复专科这个增长点，河田卫生院的业务收入已从 2008 年的 300 多万元增加到 2000 多万元。与新桥一样，河田康复专科的规模、病房、设备、人员，在整个龙岩市基层医院中也是最强的。如今正准备继续扩充，将农村养老内容一并纳入。

特色专科在长汀县 18 个乡镇得到普及，除了新桥医养服务中心外，河田康复专科、濯田妇产专科等百花齐放，基本实现了"特色专科、一乡一品"的局面。

一切改革的成效，能否施惠于民是关键的衡量标准。2009 年，长汀成为全国首批 15 个、福建省唯一开展乡村家庭医生签约服务的试点县。

● 濯田中心卫生院妇产专科

家庭医生签约，就是通过签约的形式，实现送医下乡和建立健康档案、妇保儿保、传染病报告等11项基本公共医疗服务的全覆盖。

医改之前，基层乡镇卫生院大多凋零、萎缩，同时，村医队伍更是七零八落，根本无法实现家庭医生签约的设想。放权之后，长汀各乡镇卫生院用活了人事权，院聘村医。乡镇卫生院在领受"签约服务"任务后，会组成若干支由一名全科医生、护士、预防保健医生再加一名村医组成的"家庭医生基层公共卫生服务团队"，每月定期到村里为群众提供医疗服务。由此，全县31222名老年人全部被纳入健康管理。

每月农历初十、二十，长汀县馆前卫生院的马水良医生都要到馆前镇珊坑村、云峰村流动社区卫生服务站给村民看病，这可是全村的大日子。

"这里的老百姓就认我这张脸。"马水良说。出诊日，他和护士、药师组成的流动社区卫生服务团队一般早上5点多就开始准备，从上午8点一直忙到下午五六点，平均一天接诊100多人。"一般诊疗费是9元，新农合报销后，村民只出1.5元。有急诊的话，随时给我打电话，无论早晚我们都会带药下村。"马水良说。

长汀县卫生局副局长邱道尊说："通过村医乡用等方式，全县290个行政村不仅实现了村级医疗卫生服务全覆盖，也解决了村医的养老待遇问题，目前60岁以下的在岗村医都参加了城镇职工灵活就业人员养老保险。"对此，长汀县策武镇卫生院院长李兆炎深有体会："卫生院的医技检查人员主要负责做B超、X光、心电图，因为收入较低，人员变动比较频繁。后来，卫生院请了乡村医生黄冬连来负责这个岗位。对她来说，收入增加到每月4000多元，更高也更稳定，而对卫生院来说，解决了医技检查人员频繁变动而造成的空缺，是一个双赢的局面。"

为防止卫生院借权逐利而出现过度医疗，让改革的收益真正为老百姓所享有，长汀县完善审计监督制度，强化部门监督约束和管理职责，开展了以审计部门为主导的定期巡查和以其他部门为辅助的不定期抽查，借助新农合的监管平台重点查处医疗卫生机构"不合理检查、不合理用药、不合理收费"。并向社会公布监督结果，履行严厉的奖惩措施，实现了权力的有效制衡。各乡镇卫生院都加强了内部管理，制定了与绩效奖励和评优挂钩的约束考核细则，医疗费用得到有效控制。普通门诊、特殊门诊和住院次均费用分别控制在42.9元、93.6元和1274元，明显低于龙岩市平均水平。

政策有了，配套设施要跟上。长汀紧抓新一轮医改的良机，采取"适度超前，提前规划"方式进行建设。几年来，共投入各类建设发展资金1.41亿元，18个卫生院立项29个，新添设备267台，大大改善了农民的就医环境。

在保证基层基础设施建设的同时，长汀县还用足用活新农合政策，充分利用新农合差别化补偿杠杆，引导农民就近治疗；将乡镇卫生院住院补偿、普通门诊统筹补偿和日次封顶分别提高到 90%、60% 和 27.5 元；借助新农合补偿"托底"，尝试推行"先诊疗后付费"，群众到卫生院先看病治疗再付费，不需要挂号费；针对高血压、糖尿病、精神病等慢性病，确定卫生院 22 种常用药和村卫生所 6 种常用药"零支付"供药，县新农合中心对卫生院实行按诊日付费。龙岩市卫计委主任张美昌介绍说："相比于原来医保基金的包干政策，我们这种付费方式是新农合基金和居民负担的双减负。"以高血压治疗为例，新农合基金按诊日支付给卫生院的诊疗费用为 3 元 / 天，而原来的包干政策是 3000 元 / 年，现在群众一分钱不用花，新农合基金也节约了大量的资金，真是名副其实的"双赢"，"以药养医"的现象也大大减少。

数据显示，长汀县乡镇卫生院的业务收入由"医改"前 2008 年的 3308.6 万元，增加至 2014 年的 11407.79 万元，增长 244.79%。2015 年，全县卫生院业务收入同比又增长 16.72%。作为仅有 52 万人口的扶贫开发县，长汀县 18 家乡镇卫生院中，有 4 家卫生院的总收入超过 1000 万元。且均为龙岩市 7 个县（市）中最高。2014 年 11 月 6 日，龙岩市政府在长汀召开医改推进会，将长汀经验向全市推广。2015 年 1 月，长汀基层医改"一归口，三下放"的做法被写入中共福建省委、省政府《关于深化医药卫生体制综合改革试点方案》（闽委发〔2015〕3 号）。近年来，已有 10 多个省份共组团 120 多批次陆续到长汀参观学习。国家卫计委专家组在考察"长汀医改"后，坦承"全国基层卫生院系统万花纷谢，只有这里一枝独秀"。[1]

一个并不富裕的山区县，为什么基层医改经验能够获得"2015 年中国政府优秀创新实践奖"？长汀县医改办常务副主任陈禄在 2016 年

1 来源于健康网作者佚名，发布时间 2015 年 3 月 5 日。

● 国家卫计委专家组考察"长汀医改"

12月接受中国网访谈时道出了其中的奥秘：用改革的精神对过去不适应卫生发展的体制进行改革，这是长汀非常重要的特色。长汀县委、县政府把"一归口，三下放"作为这次基层医改的突破口，"一归口"是把过去由宣传部管理的基层卫生院院长任免权，由财政管理的卫生发展资金和市场专款基金包括基本卫生的公共基金，统统归口给卫生局管理，这是非常大的进步。"三下放"是将人事权、经营权、分配权全部下放给乡镇卫生院，允许卫生院院长自己"组阁"。各卫生院在具备执业资格，完成保基本医疗、基本公共卫生服务"规定动作"的基础上，可以根据业务需要，自主聘用人员，结合当地百姓的需求，延伸服务能力。如长汀县新桥镇中心卫生院成立长汀县医养服务中心，推行医养结合服务工作，为老年人提供"医疗、养老、护理"相结合的一体化综合服务，就有效弥补了养老机构在医疗服务上的"短板"，让老年人医疗和养老链接无缝隙，满足了当地老百姓最基本的医疗需求，顺应了深化基层医改需要。通过几年的改革，长汀在基础条件并不具备优势的前提下，基本上形成了方便百姓就医的分级诊疗格局，建立了维护公益性、调动积极性、保障可持续性、具有长汀特色的基层医疗卫生单位运行新机制，走出了一条长汀路径。

第二节
长汀现象

　　既无资源优势又无区位优势的长汀县，人口多，产业基础薄弱。改革开放以来至 20 世纪末，其主要经济指标在闽西各县（市、区）中位居后列。截至 1998 年底，全县国有工业企业 22 家，负债 3.21 亿元，企业资产平均负债率在 91% 以上，企业总亏损 425.8 万元。

　　国有工业企业向何处去？为了打好企业改革攻坚战，长汀县采取一厂一策、因厂制宜的改革办法，稳妥进行国企改制。一是采取股份合作制模式。对印刷厂、中华织布厂、水泵厂、电机厂等企业采取资产经中介机构评估后进行资产负债清算的做法，将净资产用于职工国有身份的置换，然后设置股权，承接原企业的所有债权债务，国有企业职工以股民的身份参与，重新注册新的股份制企业，重启企业生机。二是采取政府回购国有资产模式。如水泥厂、火柴厂、选矿厂、人造板厂等企业由政府协调负责企业与银行的债权债务关系，并由政府出资置换职工身份。三是采取由企业收购、政府介入模式。如棉纺织厂、林产化工厂、稀土材料厂等，由政府介入企业改制成本核算，并联系企业的整体转让或固定资产（主要指房地产）的出让，由其他企业出资收购并支付出让金给政府，然后由政府组织企业改革。据统计，全县 22 家国有工业企业完成改制后，共解除职工劳动关系 6881 人，领取经济补偿金 5962 人，置换身份863人，顺利实现了国有资产与职工国有身份的置换。

20世纪末，沿海地区纺织服装等劳动密集型产业出现向内地转移的端倪，拥有众多置换国有身份职工和大量剩余劳动力的长汀视之为"百年不遇"的后发机遇，时任县长黄福清说："如果我们抓住了机遇，就能像当年沿海的泉州，很快超过内陆地区。"

长汀县委、县政府牢牢把握沿海密集型产业向内地辐射之机，率先选择与县情特点相适应的纺织产业来长汀落户，提出了"以腾飞开发区为龙头，以纺织产业为载体，以招商引资为重点"的经济发展思路。为了扶持纺织产业的发展，2000年初，长汀县出台了在企业用地、场租、税收、水电费征收、贷款等多方面的优惠政策。香港南益集团在腾飞开发区投资3000万元，兴建针织产业龙头——南祥针织有限公司。本县23家私营业主创办的23家针织企业上了2000多台针织机，2001年几乎家家赢利，这成了最好的招商广告。腾飞开发区纺织产业氛围的形成，创造出纺织业发展的比较优势，许多大企业不请自来。投资数千万元乃至上亿元的华平、安踏、鸿祥、鸿程等大型纺织服装企业纷纷落户腾飞开发区。形成了纺纱、织布、服装加工、纺线、织片、缝盘、后整、出口的产业链，推动长汀纺织业跻身全省首批重点培育的产业集群行列。

长汀良好的发展氛围，还推动了另一个支柱产业——机械制造业的崛起。从2004年底起，长汀县抢抓赣龙铁路、高速公路建设和农村公路全面硬化的机遇，在经济开发区工贸新城发展机械制造业，总投资11.8亿元的闽兴、舒驰等10个企业相继落户，形成了挂车、电动车等车辆制造生产基地。

招商引资、借力发展是县域经济发展的捷径，但这需要条件。长汀一没有区位、交通、资源优势，二没有雄厚的工业基础和配套能力，引资可谓难上加难。原龙岩市委常委、长汀县委书记黄福清当时就明确提出，要让利招商求发展，在全县营造出亲商、扶商、富商的浓厚氛围，掀起人人为招商引资兴产业做贡献的热潮。外商到长汀经济开发区投资，首先遇到的是厂房难题。自建厂房，工期长，最好的选择是租厂房，先开业，再建厂，然后上规模。长汀县实施园区带动产业发展的战略，鼓励社会力量投资兴建厂房，建成后由长汀经济开发区统一租用并以最优惠价格提供给投资者，对自建厂房的企业则给予地价优惠和建筑补助。2003年春天，由长汀县汀州镇牵头吸纳民间资金，共投资4000多万元，兴建占地110亩的天山工业园区，一期工程20亩，竣工后很快引来昌辉针织厂前来投资办厂。二期工程在建时，即被多家外地企业选中。台资企业厦昌公司厂长王真卫说："考察过几个地方，还是长汀的政策好、服务好。"

按照"谁投资、谁受益"的原则，长汀县大同镇吸引外资、本县民间资金、农民征地补偿款等社会资金5000多万元，兴建建筑面积2.3万平方米的7幢标准厂房，吸引了中国驰名企业——安踏体育用品公司、长诚鞋业前来投资办厂。2002年以来的三年时间内，长汀县筹资在开发区兴建了52万平方米的标准厂房、10万平方米的职工宿舍和办公综合用房。至2005年底，开发区已开发面积2.5平方公里，落户企业165家，员工达3.8万人。区内固定资产总投入达14.5亿元，工业企业产值11.5亿元，税收2204万元，分别比上年增长40.7%和158%。与2002年相比，企业数、就业人数、工业产值、税收分别增长3.7倍、5倍、8.8倍和58倍。2005年12月经国家发改委审核，长汀开发区成为福建省首批（14个）省级开发区之一。

长汀经济开发区的飞速发展，与开发区管委会的优质服务密不可分。"只要企业需要，管委会干部随叫随到！"企业老总这样评价。原长汀县副县长、开发区管委会主任彭桃兰说："营造发展环境，优质服务是第一位的工作。"在开发区管委会，从领导到每一个干部，在思想上都牢固树立起"人人都是投资环境"和"抓投资软环境建设比出台优惠政策更重要，抓项目引进后的服务比引进项目更重要"的服务理念，做到热情、高效、优质、诚意，给外商以宾至如归的感觉。他们没有双休日，没有节假日，全心尽力地搞好园区"三通一平"，协助招工，解决厂房、员工宿舍、用水、用电、厂区道路及区内卫生治安、环境整洁等一系列问题，为入区企业营造良好的发展环境。2004年下半年，为了加快二期开发，使落地企业项目能够快速施工，管委会从勘察、测量、规划设计、建设许可证的办理等各个环节为企业提供"一条龙"服务。开发区管委会原常务副主任赖相发亲自坐镇，带领管委会一班人与县直有关部门积极配合，放弃双休日，连续七天加班加点，全程代办，仅一个星期就为33家企业无偿办理了全套项目建设手续及有关证照。当企业主们拿到这些证照时，无不感触地说："长汀人真讲诚信，办事效率高，服务很到位，在这里投资，

● 腾飞开发区

我们放心！"2005 年的一天，由于连下暴雨，开发区新引进的一家企业厂房屋顶出现渗水，如不采取措施，堆放在生产车间里的半成品、原辅材料将遭受严重损失。赖相发得知后，马上组织大家赶赴厂区，把即将浸水的半成品、原辅材料一包包、一捆捆转移到安全地带。企业老总感激地说："真谢谢你们，为我们挽回了几十万元的损失！"当管委会干部离开这家企业时，已是凌晨 1 点多了。

福建省长汀盼盼食品有限公司总经理盖桂林介绍说："长汀盼盼公司于 2005 年 3 月 26 日破土动工，在此期间长汀县委、县政府在各方面给予大力支持，打造了一个很好的环境，在服务方面也尽职尽责，能够经常来我们公司，解决一些实际困难，协调各部门的关系，特别是国土资源局和开发区管委会、建设局、发改委以及外经委等相关部门的关系，

● 长汀盼盼食品有限公司

帮我们解决了'三通一平'以及用水方面的困难，使我们公司在短时间内水通了、路通了，电也通了。"

优质的服务推动了开发区的快速发展。据了解，"十五"期间，长汀县规模工业产值增长 2.4 倍，工业废水排放量减少 45%；2005 年，这个老区贫困县在权威的福建经济发展十佳县市评价中首次跃居榜首。原中共福建省委书记卢展工到长汀实地考察后，把长汀在资源匮乏、交通不便、基础薄弱的困境中的崛起称为"长汀现象"。

长汀县以推进工业化为主导，大力实施以开发区为龙头、以纺织产业为载体、以招商引资为重点的工业化发展路子，使纺织、机械产业从无到有，从弱到强，像一个奇迹展现在世人面前。说它是奇迹，是因为长汀不产棉花，交通又不便利，却吸引了一大批知名纺织企业相继落户。但"长汀现象"并不完全是奇迹。它是几任长汀决策者带领长汀人民抓住机遇、坚持科学发展理念、实施项目带动战略的生动体现。"长汀现象"得益于思想的解放，长汀人民敢为人先，敏锐地捕捉到发展机遇甚至是创造机遇，主动承接沿海发达地区的劳动密集型企业向内地辐射转移。"长汀现象"得益于县委、县政府围绕产业发展需要，主动转变职能、强化服务，不断创新招商引资形式，以开发区建设带动集聚生产要素、投资增长。当地出台了农民工购买经济适用房、子女就学、医疗卫生、户籍迁移等一系列优惠政策，促进了发展环境的不断优化，因此才有了长汀目前的良好发展态势。

第三节
长汀模式

近年来，长汀县站在海西找定位，明确差距求突破，采取有力措施，打破各种体制障碍，以工业化推进城镇化建设，促进城乡社会和谐发展。创新出许多令人瞩目的"长汀模式"。

何谓"长汀模式"？对此说法众多，人们普遍认同的是，长汀模式包含以下内容：长汀县委、县政府勇于改革，紧紧围绕发展抓创新，探索出免费培训剩余劳动力，缓解企业用工难题；筑巢引凤，吸引农民工、外地工到开发区就业；先锋引领，非公企业组建党组织；先行先试，服务"三农"；村企联盟，开辟村企双赢新途径。正是这些新举措、新模式，使长汀针织、服装、绿色农业等主导产业得到蓬勃发展，县域经济走上了健康、快速发展的轨道。

创新举措之一：免费培训剩余劳动力，缓解企业用工难题

随着纺织产业的快速发展，过去习惯于劳动力输出的长汀，竟然开始出现"工荒"，且呈日益严重之势。将农村剩余劳动力，培训为合格的产业工人，迫在眉睫。

长汀县劳动、农办、教育等部门，在对全县 16~40 岁劳动力调查摸底的基础上，采取"政府埋单、社会承办、订单培训、就业带动"的模式，由社会培训机构和大企业负责农民的技术培训，政府负责考

93

核和购买培训成果，并对参训人员建档立卡，由有关部门及时向企业推介就业。

这种订单式免费培训，政府能埋得了单吗？政府原有的培训机构，缺乏教师、教材、场所，能承担重任吗？为此，长汀县在实践中摸索出"政府引导、市场运作、服务配套"的路子。县劳动部门的一位领导说："钱少要办大事，这样的机制是逼出来的。"

为调动各类培训机构的积极性，长汀县规定，培训实体凡自购设备的，学员考核合格后由县财政给予补助，鼓励有办学条件的单位承接培训任务。县财政拨出专款30万元购置培训设备，无偿提供给到各乡镇巡回办培训班的铭基、华兴两个培训实体使用。同时，为调动农村劳动力参加培训的热情，河田、南山、大同等乡镇，对出满勤且考核合格的学员，每人给予30~50元的奖励。5年时间内，长汀县只花了600多万元，就办成了一件大实事：全县18个乡镇一共培训了3万多人，其中纺织工2万多人，基本满足了全县企业的用工需求。作为长汀开发区纺织企业龙头的港资南祥针织有限公司，2007年以来飞速发展，拥有的员工从800余人增加到2000多人。公司负责人说："这多亏长汀县帮忙解决用工难问题。"截至2008年底，全县共转移农村富余劳动力15万人，户均1.5人，实现了"一户一就业"。据调查，已转移的劳动力年均收入1万多元。长汀的培训模式，吸引了南平等地纷纷前来取经。

创新举措之二：筑巢引凤，吸引农民工、外地工到开发区就业

长汀县政府制定优惠政策，对外地夫妇来长汀开发区就业的，提供夫妻公寓房，免收房租3个月，外地工子女在长汀就读的，免收借读费。目前，长汀县已为100多对外地夫妇提供了公寓房，对100多名外地工人子女免收借读费。县里还组织招工小组，到邻近县发布招工信息，招收工人。组织专业人员到上杭、瑞金、会昌等县举办针织

机培训班，采取外地培训、本地招工形式，吸引外地农民来汀就业。据长汀县劳动和社会保障局介绍，如今在长汀就业的外地民工已达8000多人。来自贵州的杨胜英，自2004年到长汀安踏公司上班，工作出色，连续四年被评为"优秀员工"，2007年被评为龙岩市"劳动模范"，2008年荣获全国优秀农民工称号，受到了时任国务院副总理张德江的接见。

为吸引农民工进城落户就业，长汀县投资160多万元，在开发区建起腾飞希望小学，主要面向开发区农民工子女，并且免收借读费，很受农民工欢迎。与此同时，县政府出台了一系列鼓励农民工进城

● 安踏体育用品公司员工杨胜英2008年获全国优秀农民工称号

务工的优惠政策，凡进城务工农民与企业签订并履行劳动合同1年以上，愿意在城区落户的，均可在城区申请登记常住户口；其子女需在城区中、小学或幼儿园就读的，就近入学，免收借读费；符合条件的农民工还可按市场价一半的优惠价格购买政府经济适用房或夫妻公寓。2006年春节，长汀县向开发区农民工推出300多套经济适用房，每平方米800元，不到市场价的六成，很快销售一空，成为农民工向往的住房。如今，长汀县工贸新城19幢商居房，专门安置受灾的农民，593户灾民通过劳动技能免费培训，已成为开发区的新一代工人。

创新举措之三：先锋引领，非公企业组建党组织

长汀县紧紧围绕建好开发区、实现大发展这条主线，在非公企业中组建党组织，做到党组织发展与企业发展同步。一是积极鼓励、引导、培训管理层及一线骨干层等重要岗位的优秀员工加入党组织，要求每个党支部每年保持3个以上入党积极分子常量。二是招工输入党员组建党组织。开发区党工委专门要求企业在招工中有重点地做好党员推荐输送，几年来通过招工，向非公企业输送了100多名党员。三是选派党建指导员组建党组织。县委从县直、乡镇机关选派35名有一定党务工作经验、责任心强的党员干部作为党建指导员，选派到企业，主要完成组建党组织、壮大党员队伍、提高党建水平三项任务。原县经贸局主任科员钟火金被选派到投资1.2亿元的华平公司后，积极协助企业招工，在招工中优先录用5名党员，建立健全了党组织各项制度，使该企业顺利完成招工400多人，公司于2007年4月投产，5月底就组建了党支部。截至目前，长汀开发区规模以上非公企业100%建立了党组织。与2004年长汀开发区党工委刚成立时相比，党员从108人增加到388人，其中2015年新发展党员22人。党组织的建立推进了开发区规模不断拓展，建成面积从2006年的2平方公里扩大到9.66

平方公里，落户企业从 45 家增加到 301 家，成为全县经济发展的龙头。

创新举措之四：先行先试，服务"三农"

长汀是传统农业大县，县委、县政府高度重视"三农"工作，坚持以农民增收为核心，先行先试，开拓创新，探索实践科技引领、龙头带动、基地连接的新农村建设模式。

县有关部门通过有效运作米兰春天集团，由米兰春天集团整体承接重组"远山农业"，投资 1.2 亿元，建立基地，扩大生产经营，加强"远山"品牌运作。经过多年的不懈努力，全县绿色无公害农业基本形成了"品牌拓展市场，市场促进加工，加工带动基地，基地拉动产业"的态势。

品牌价值已经显现。目前，远山品牌已获得"10 个绿标"和"12 个无公害食品标志"使用权，长汀成为全省绿色无公害食品标志最多的县。"远山农业"已成为区域性知名农业品牌，远山公司被确认为国家扶贫重点龙头企业和省农牧产业化龙头企业，"远山"注册商标已被授予"龙岩市知名商标"和"福建省著名商标"。

市场份额不断扩大。按照"授权经营，区域配送，分销专卖"的市场模式，远山公司与龙岩米兰春天量贩联手后，25 家连锁专卖网店经营远山产品；在福州除远山牌河田鸡销售设立 52 个专卖点外，远山牌生猪又有 20 家专卖连锁店成功进入市场；在厦门远山牌生猪已建立 51 家专卖店，在泉州、石狮、晋江、福清等地也申请特许经营或已加入市场经营连锁专卖。

基地建设稳步推进。初步建成以长汀策武为中心的远山绿色生态科技示范园区。在全县范围内已建成 4 个国家 A 级绿色食品直控基地和 7 个无公害认证直控基地，全县已建立标准化生猪养殖直控场 23 家，加盟远山河田鸡养殖专业户 315 户，优质稻生产基地 2 万亩，无公害水果基地 5 万亩，无公害蔬菜基地 1.1 万亩。

加工瓶颈开始突破。引进国家农业产业化龙头企业——晋江福源公

● 策武远山绿色生态科技示范园区

司投资 5000 万元，在长汀腾飞开发区建立 140 亩农产品加工区；与厦门银青公司合作，成立长汀远山双喜米业发展公司，项目总投资 538 万元，建立远山优质大米生产线，年加工大米 10 万吨；引进福建大拇指集团入驻长汀工贸新城，一期投资 3000 万元，深加工系列绿色食品及有机食品；与厦门南泰食品公司合作，引进深圳长期从事蔬菜市场经营的客商，组建"远山鑫丰果菜有限公司"，建立规模生产基地，配套净菜加工及储运设施。

远山农业的发展，使长汀县"果、蔬、稻、猪、鸡"等农业主导产业与绿色无公害发展方向对接，推动了绿色产业发展，全县绿色无公害农业 2006 年产值达 1.25 亿元，加盟远山的 3760 户农户年累计增收 1128 万元。与此同时，长汀县还通过转包、转让、互换、入股、出租等形式，实现农户承包地经营权流转面积 3.94 万亩。河田镇还成立了土地流转中介所。河田镇上街村李海长等几户种粮大户，租赁耕地 1320 亩，建立机械化种植优质稻基地，涉及农户 851 户，年产优质稻 1200 余吨，产值 230 余万元，在全市土地流转中集中连片面积最大。

创新举措之五：村企联盟，开辟村企双赢新途径

在社会主义新农村建设中，长汀县根据工业化、城镇化的发展实际，提出因地制宜建设工业型、生态型、城镇型三种类型新农村，采取政府引导、村企自愿、互利共赢的做法，积极开展一村一企、一村多企、多村一企的"村企联盟"模式建设新农村，实现了"以企带村，以村促企，村企共赢"的目标。

村企联盟工作机制，为村、企发展注入了活力。企业注意发挥各自特点优势，通过产业带村、项目兴村、企业帮村等方式，探索联盟村发展路子。台慧体育器材公司是一家专门生产垒球出口的企业，针对劳动密集型这一特点，企业把车间搬到联盟的长汀县大同镇红星村，开班培训技术工人，解决了该村 240 多位失地农民的转岗就业问题。失地妇女饶荣秀算了一笔账：到台慧公司就业后，月收入比过去翻了一番。长汀县策武镇南坑村与厦门树王公司结盟，种植银杏 3800 亩，吸纳劳动力 60 余人全年就业。村民袁茂盛种植 900 株银杏，2006 年试产银杏果 600 多斤，收入近万元。

长汀县大同镇东埔村与长诚鞋业公司联盟后，成为公司农副产品直供基地，每天供应公司 1100 多名员工优质粮油蔬菜、肉类禽蛋。公司在免费培训招收该村村民后，每年无偿资助该村 3 万元，为 6 名特困大学生提供学费。大同镇新庄村依托全国扶贫龙头企业——远山农业发展公司，建成年养殖河田鸡 3 万羽、番鸭 2 万羽、生猪 1000 多头的基地，养殖收入占村民总收入的 60%。青山竹业公司与大同镇天邻村联盟，开发利用该村毛竹资源，企业投资开通 20 多公里的竹山便道，承包 7300 多亩毛竹林，组织竹农垦覆、下肥及改造竹林，既为企业提供充足加工原料，

● 河田镇土地流转中介所

● 河田镇上街村机械化种植优质稻基地

又增加了村民收入。

村企联盟两得益。盼盼食品公司与长汀县大同镇李岭村、涂坊镇元坑村联盟，通过实施"人才联育、活动联办、公益联做"等工程，实现了村企互惠互利。几年来，李岭村不但保障了盼盼公司近千名员工每日的新鲜蔬菜供应，还为盼盼公司输送员工100多人。涂坊镇元坑村在盼盼公司的扶持下，建立起槟榔芋种植基地3000亩，种植的槟榔芋全部由盼盼公司负责收购，既解决了农民的销售难题，实现农业增效、农民增收，又为盼盼公司缓解了原料压力，实现了村企双赢。2005~2007年，长汀连续三年获评全省县域经济发展十佳县。2008年初，在龙岩市创新项目点评会上，与会者在参观了解长汀县实施村企联盟带来的变化后，认为这一探索实践为实现村企双赢开辟了一条成功的路子。

第四节
长汀经验

长汀曾是我国南方红壤区水土流失最严重的区域之一，尤其是在三洲、河田一些乡镇，水土流失造成寸草不生的连片荒山，被人形象地称作"火焰山"。为了改造生态环境，几十年来，长汀弘扬"几任书记一本经、几任县长一道令、几套班子一个调、全县上下齐心干、一任接着一任干、一任干给一任看"的好传统，倡导"政府主导、群众主体、社会参与、多策并举、以人为本"的综合治理模式及"滴水穿石，人一我十"的拼搏精神，累计治理水土流失面积162.8万亩，"火焰山"蜕变为飘香的"花果山"。作为成功样本，治理水土流失的"长汀经验"被大力推广："反弹琵琶"治理法、"草—牧—沼—果"生态模式、"老头松"改造、陡坡地小穴播草、"等高草灌带"、幼龄果园覆盖——秋大豆春种等，都是"长汀创造"。

在创造水土流失治理长汀经验的同时，长汀县牢牢把握发展机遇，积极推进政府职能转变，营造发展环境，主动承接沿海产业转移，积极培育产业集群，延伸产业链，推动工业化与城镇化互相促进，催生了许多得到中央或省、市肯定的长汀经验。

长汀创新机制促进再就业工作经验向全国推广

进入21世纪以来，随着国企改革的深化，长汀县下岗失业人员达8000多人，成为社会的热点、难点和重点问题。县委、县政府始终把做好就业、再就业工作作为"一把手"工程，摆到突出位置抓紧抓好，把做大纺织主导产业作为开发就业岗位、扩大就业的主攻方向。县劳动保障局紧紧围绕这一主导产业，实施"岗位开发、技能培训、劳务派遣"一条龙工程，使全县8018名下岗失业人员有7210名实现了再就业，再就业率达90%，走出了一条山区经济欠发达县再就业的路子。

为促进再就业，长汀县还出台优惠政策，鼓励下岗失业人员转变就业观念，自主创业。县财政千方百计筹资100多万元，让每名下岗失业人员购买针织机，每台由县财政无偿补助300元，并免费提供针织技能培训，培训期间，县里还给每位参加培训人员每天5元的伙食补助，全县共开展转业转岗技能培训5530人次，减免培训费165.9万元。同时通过免息小额信贷，及时帮助400多名下岗失业人员购置针织横机，使这些人在短期内实现了再就业。原中华织布厂老职工唐洪球、曾福生和吴炳林充分利用政府的优惠政策，只花费了很少的资金，就买到设备、借到了厂房，自己当起了老板。现在，他们不仅解决了自己的就业问题，还让十几名工友重新上岗。到"十五"计划末，长汀县共有纺织企业147家，家庭式作坊130多个，有3万多人就业于纺织企业，再就业路子越走越宽。2004年9月3日，长汀创新机制促进再就业工作经验被推荐到全国再就业工作表彰大会上交流。

许多沿海地区经历过"村村点火，处处冒烟"的发展阶段，引进项目"饥不择食"变成"先污染，后治理"，付出了惨痛代价。有鉴于此，长汀县明确提出，在招商引资中拒绝污染企业入驻，上项目不产生新的污染源。县环保局原局长刘招发说，近年来，全县依法查处了14家小造纸、小炼油企业，被取缔的违法排污企业达39家。过去工业不发达，污染却突出，现在工业大发展，工业污染却不突出了。

长汀森林覆盖率高达81.4%，位居福建省前列。原长汀县委书记黄福清说，砍树只会越砍越穷，"要把山上的树当作公园的树来管理"。

长汀县委、县政府于 2002 年建立了护林失职责任追究制度，在全县范围内实行封山育林，禁烧柴草，禁采松脂，禁用阔叶林生产香菇。县林业局原副局长谢代林说，县里每年的阔叶林砍伐指标都用不完，禁产香菇每年又可减少阔叶林消耗 5000 立方米，农民减收可通过进城务工来弥补。

在拒绝污染企业入驻的同时，长汀县狠抓节能降耗，发展"循环经济"，把节能降耗工作目标和任务逐级分解下达到各乡镇、县直各重点部门和重点企业，加强了对节能降耗工作进展情况的考核和监督。纺织业是耗能较大的行业，县政府重点抓纺织业耗能大户的节能技术改造和设备更新，鼓励企业采用节能纺织设备。福建鸿程纺织公司在高压变频调速的基础上，投资 393 万元，在国内首次采用"三电平"原理和 TGBT 功率元件，对原有 251 台设备进行技术更新改造，改造后电源波形好，性能稳定可靠，集节能、降耗、环保于一体，年可节电 641 万千瓦时，每年产生直接经济效益 371 万元。

落户长汀古城工业集中区的福建长汀荣华碳业有限公司 2008 年初与河南省林业科学研究院合作，采用新技术、新工艺，研发利用木材加工废弃物——锯屑为主要原料生产活性炭，变废为宝，当年生产活性炭 2500 多吨，产值 2000 多万元。这是长汀县大力实施节能降耗、发展循环经济、促进企业发展的一个缩影。

如今走进长汀工业园区，宽阔、整洁的道路两侧，一幢幢标准厂房拔地而起，城市建设日新月异，人们在感受到全县经济快速发展、城乡面貌发生巨大变化的同时，还能感受到这里到处是山清水秀、空气清新。这是长汀县贯彻落实科学发展观，以科学发展成就后发优势带来的可喜变化。

长汀小额信贷扶贫经验在全国推广

截至 2002 年，长汀县年均收入 3000 元以下的农村人口达 85600 人，扶贫任务很繁重。长汀县把小额信贷作为新一轮扶贫的切入点来抓，注重专职扶贫干部和聘用扶贫管理员这两支队伍的建设，注重选好专业户作为带头人，抓好科技培训，先后投入 3 万元培训 3000 多人次。他们把帮助贫困户选好项目作为关键环节，引导贫困户上项目时，立足当地资源和自身条件，培育和发展家家户户能参与和受益的主导产业。

小额信贷扶贫到户，使贫困户消除了依赖思想。长汀县大同镇新庄村 8 户农民 2002 年通过小额信贷扶贫，养殖河田鸡 3000 多羽，户均增加收入 3000 多元。2003 年全村实施小额信贷 46 户，其中 43 户养殖河田鸡，年出笼 15 万羽，成为远近闻名的养鸡专业村。

为打好脱贫攻坚战，长汀县组建成立了扶贫开发投资公司，公司注册资本金 5000 万元，首期转入小额信贷担保金 1200 万元，为扶贫对象提供扶贫小额信贷风险担保服务。县信用联社、农行等与乡镇开展农村扶贫小额信贷，贫困户贷款利率为 3.72%。对信誉良好、确有资金需求的建档立卡贫困户，每户不超过 5 万元；对能带动贫困户脱贫的农林牧副渔专业大户、家庭农场、农民合作社、农业龙头企业，每带动一户贫困户可申请贷款 5 万元，但最高不超过 50 万元，分别给予贴息贷款。河田镇露湖村贫困户丘棋开前几年与人合股承包机砖厂，亏空欠债，感觉天都塌了。2012 年，镇里对贫困户进行挂钩，扶持他承包荒山种油茶，帮助贷款还贴息，联系种苗又送技术、化肥。现在油茶长势良好，收成逐年见好。丘棋开深有感触地说："精准扶贫好啊，日子越过越有奔头！"在河田镇，像丘棋开这样通过结对帮扶脱贫的还有很多。县里称这种扶贫方式为精准扶贫。与此同时，县扶贫办还大力开展经济能人"富带穷"活动。全国种粮大户付木清，成立远山长丰优质稻专业合作社和清荣现代农机专业合作社，流转耕地 1600 多亩，带动周边农户 1300 多户，其中贫困户 200 多户。女强人兰秀，坚持在水土流失区发展河田鸡种鸡培育，带出 13 户"徒弟"共同致富。2012 年以来，全镇共引导 79 名能人参与"带富"工程，带动脱贫 275 户。大同镇新民村的林海燕为照顾病重的父母，在外打工的她 2011 年回到家乡，决定养猪却没有资金。得知镇扶贫办有小额贴息贷款专门支持贫困户创业时，她向信用社贷了 2 万元。几个月后，小猪出栏挣了钱，她又贷了 5 万元扩大养殖规模。看着日渐长大的小猪，林海燕一脸欣慰："以前没本钱养，还怕销不出去，现在一头一尾两个问题都解决了，多亏了镇扶贫办帮忙。"据统计，长汀县实施小额信贷扶贫以来，年均收入 3000 元以下的农村人口已从 2002 年的 85600 人下降到 2014 年底的 23036 人，年均减少 5213 人。其中 2014 年脱贫 5313 人，脱贫率为 23%。小额信贷扶贫创始人县扶贫办原主任张明松为此荣获了"全国扶贫贡献奖"。

民生先行，让人民群众享受发展成果

新型农村合作医疗是长汀县实施民生工程的一大亮点。2006 年下半年，长汀列入全省新型农村合作医疗试点县，全县 41 万农民中有 35.92 万人参合，参合率达 87.7%，居全省 24 个试点县之首。为方便广大农民就地、及时、足额、准确获得补偿，长汀县建立了以县新农合管理中心为龙头，涵盖全县非营利性定点医疗机构报账中心的补偿体系，对各中心的设置规定了统一的建设标准，在一年多时间内，已有 18712 人得到住院补偿，补偿金额达 1584 万元，人均补偿达 846.5 元。个人最高补偿达 3 万元。昔日农民"看不起病，住不起院"的现象明显改观。对此，长汀县新桥镇三坑口村农民江良深有体会："我在江苏打工受伤，花去医疗费用 10 多万元，感谢党和政府让我参加新型农村合作医疗，一次性为我报销了 25000 多元医疗费，真正让我感受到党的温暖。"至目前，长汀县已有 40 多万农民参加了"新农合"，许许多多的农民像江良一样真正从"新农合"中得到了实惠。这是长汀县实现安定和谐、民生为先的一个缩影。

在解决农民看病难的同时，长汀县把关注民生镜头对准了低收入户和困难户的住房问题，用三年时间兴建了占地 150 亩的 36 幢楼房 2900

套社会保障性住房，第一年解决城镇低保无房户住房问题，第二年解决低收入户住房问题，第三年解决了中低收入户住房问题。此外，长汀县还建立健全了覆盖城乡的民生保障体系，把城区 1484 户 3886 人和农村 8586 户 19950 人纳入最低保障范围，城区 388 户低保边缘家庭也得到生活补助，实现了应保尽保。为建立健全应对突发重大自然灾害紧急救助体系，2007 年 7 月 20 日零时起，在全县实行自然灾害公众责任统一保险。当年 12 月，长汀县馆前镇马坪村 81 岁的丁大嫂，因半夜火灾呛气身亡，家属获得理赔 1.8 万多元。2007 年全县发放社保补贴 3884 人，计 298.3 万元，使社保补贴政策覆盖到集体企业的失业人员。全县有就业愿望的 236 户 256 人"零就业"家庭，全部实现了就业。3000 多名国企退休职工历史遗留的医保问题和 3313 名失业人员参加医疗保险问题也得到了圆满解决。

长汀的发展，体现了老区人民艰苦奋斗、迎难而上的精神，体现了一个山区县在纵深推进海峡西岸经济区建设中的责任，"长汀经验"值得学习借鉴。这是省政协原主席陈明义等领导在调研长汀快速融入海峡西岸经济区建设取得的成效后做出的评价。

第五节
长汀启示

　　水土流失曾经是长汀面临的最大威胁，现在生态治理已成为长汀一张亮丽的名片，其中凝聚着几代长汀人民的心血和汗水。习近平总书记曾对长汀水土流失治理和生态建设作出多次重要批示，在福建工作期间，就曾五下长汀，走山村、访农户、摸实情、谋对策，大力支持长汀水土流失治理。经过多年不懈努力，一任接着一任干，到2015年底，长汀累计治理水土流失面积100多万亩，水土流失面积减少到39.6万亩，流失率降为8.52%，降低流失率3.25%。以此为契机，长汀着力实施"红经济"与"绿利润"齐步走战略，促进现有产业再升级，环保安全高附加值新兴产业多引入，让这片红色热土迈上了发展新征程：" 十二五"期间，全县地区生产总值、固定资产投资、社会消费品零售总额、地方级财政收入四项指标实现翻一番以上；当年的重点水土流失区，如今成为全国的水土流失治理典范；供给侧结构性改革如火如荼，成功引进中石油裂化催化剂、经纬亿来实业40万纱锭、盼盼食品饮料工业园等重大项目，实现央企落户零突破，农业产业效益持续提升；现代物流、文化创意、金融服务等生产性服务业加快发展，造就了全国农村淘宝"2015年度最具活力县域"……

　　一个人们印象中的传统农业大县，为什么会有如此巨大的变化？

解读长汀的发展历程，"创新"是让人们感受最深的启示：管理体制的创新，用人机制、工作机制的创新，给长汀的发展注入了源源不绝的动力。

启示一：引进社会资本开展专业化造林

过去，长汀水土流失治理主要依靠发动群众、全民上阵等方式。在"长汀经验"不断推广的高平台上，如何让水土流失治理迈上新台阶？2013年，长汀县经过调研，出台政策，引进20余家公司开展规模化、专业化造林，造林总面积达12.27万亩，被称为"长汀经验"的升级版。目前，全县通过自愿有偿转让、出租、合作等形式，流转林权133.74万亩。公司在山地开展工程化、集约化造林渐成规模，成为当地水土流失治

● 全国油茶科技示范基地：馆前镇油茶基地

理的生力军。福建艳阳农业开发公司总经理吴伟文说："长汀的好机制、好政策，激励我们积极参与造林绿化。"此外，县有关部门积极探索林地、林木抵押贷款，协调金融机构，把支持公司化造林作为林业贷款扶持重点，提供融资支持2.89亿元，发放财政贴息1210.11万元。提供政策保障激励，对连片营造速丰林200亩以上者，每亩补助50元；对新造油茶林和现有油茶林改造，每亩分别补助300元、150元。同时落实好上级造林绿化项目补助政策，充分调动企业参与造林绿化的积极性，实现了以政府和部门造林为主向以社会化、公司化造林为主的转变。20余家公司在发展生态林业的同时，大力发展民生林业。大青实业公司在长汀县河田、涂坊租赁山场建立5000多亩生物质能源基地；厦门中盛粮油公司在长汀县馆前镇创建1235亩油茶基地，被国家林业局评定为全国油茶科技示范基地。

启示二：农民以劳务入股，果园按车间管理

长汀瑞丰农业发展有限公司董事长傅伟锋是厦门投资商，长汀是他的第二故乡。2001年，长汀县领导与他接触后，邀请他到长汀投资兴业。经过市场调查和实地考察，也作为回报故乡之举，2002年9月他注册成立长汀瑞丰农业发展有限公司，并把青梅生产加工作为主导产业，在长汀县南山镇建立万亩青梅基地。目前，该公司已投入近千万元用于道路、灌溉等基础设施建设，并指导农户按统一标准种植优质青梅近万亩。该公司还与台商合作，在长汀县城建立青梅加工厂，上干湿梅和蜜饯、果酱型两条生产线，产品主供日本市场。

为了让农民真正得到实惠，长汀瑞丰农业发展有限公司创新基地运作模式，让农民以劳务方式入股，如挖穴、打平台、种植施肥、日常果园管理等，而生产过程中所有用到钱的地方，如果园路网、灌溉设施，化肥农药和苗木等投资全部由公司负责。公司聘总经理、副总经理、技术总监各1名和经验丰富的技术顾问6人，对基地管理和技术负全责。

对果场及入股农户以 1000 亩为一个单元实行划片区管理，聘用相当于车间主任的片区经理 10 个，下辖 100 个班组长，一个班组长管理 10 户承包户，一户承包果园 10 亩左右。通过这一工厂化的管理模式，公司的决策、措施直接贯彻到户，最终实现果梅的品质和规格整齐划一，为加工出口打下良好基础。承包户在果梅收成后，每年均如数交公司收购，按实际产量和当年市场价，收益与公司五五分成。已有 600 多户农户与该公司签订了合作开发果梅合同，成了"瑞丰"的股东。南山镇大坑村村民林木英说："我利用农闲时间管理梅林，产前产后和技术指导全由公司包了，不花一分钱，每亩青梅每年有上千元的收入。"

启示三：营造引才聚才环境，发展特色生态农业

近年来，长汀县采取有力措施，积极营造引才聚才用才环境，发展特色农业。长汀县策武镇由在外乡贤袁连寿及其夫人——全国扶贫状元刘维灿女士牵头成立"凌志扶贫协会"，筹资创办了"厦门树王银杏制品有限公司"，并把策武镇南坑村辐射建成了"汀州银杏第一村"和"油奈专业村"及"猪—沼—果"生态农业示范村。通过与福建农林大学、龙岩农业学校联姻，走乡（镇）校互动的路子，培养造就了一批种养能手，涌现出一批种养示范户、专业户。还与在外乡贤黄以祥先生展开科研项目合作，以福建农科院地热研究所为依托，吸引漳平市花卉种植营销大户陈顺山和龙岩市花卉种植行家林志伦，在策武乡总计投资 1160 万元，兴建 200 多座钢架大棚，建立 100 亩花卉脱毒苗繁育基地、100 亩百合基地、100 亩鲜切花基地、年产 100 万盆比利时杜鹃花基地，通过花卉基地的建设示范，带动邻近村村民走上养花、育花的特色农业发展路子。长汀县畜牧水产局挖掘现有人才资源，发动技术人才参与产业开发，以技术和资金，入股合资兴建了绿园种猪扩繁场、种猪场，集科研、养殖于一身，市场涵盖全县及周边县（市），种猪供不应求。

启示四：建立分级诊疗制度，破解百姓看病难题

据长汀县卫生局统计，2015 年全县有 86.2% 的门诊病人和近 90% 的住院病人选择在县内就医，提前 5 年基本实现了国家卫计委制定的 90% 病人留在县域内诊治的分级诊疗目标，造就了新的"长汀速度"。

长汀作为省级扶贫开发重点县，老百姓看病难、看病贵问题比其他地方更加突出，分级诊疗体系早一天建立，老百姓就能早一天享受到实实在在的好处，家门口就能解决的问题绝不能让老百姓辛苦跑到大医院，这是卫生部门的责任所在。正是怀着这样的为民情怀，长汀在基础条件并不具备优势的前提下提早建成了分级诊疗体系。

综观长汀分级诊疗体系建立的全过程，从差异化补偿机制到卫生院"三权"下放等，虽没有突破性的制度创新，却很好地解决了基层医改普遍面临的重大问题。从这个角度来说，基层医改需要顶层设计指明方向，但更需要符合实际的"草根智慧"，从长汀的实践中我们可以得到一些启发。

启示五：优化从商环境，围墙外的事政府帮助做

长汀县委、县政府牢固树立"抓发展就要抓投入，抓投入就要抓项目"的观念，以项目为核心，以创新驱动发展和供给侧结构性改革为抓手，进一步优化从商环境。针对企业发展信心不足问题，制定出台了《长汀县服务企业联络员制度》和《长汀县服务企业联络员考评办法》，安排县四套班子领导挂钩联系重点企业、重大项目，选派 106 名科级干部作为联络员服务百家企业，推动各级领导干部抓项目、进企业、解难题、促发展。实施"一企一策""一业一策"，重点帮助企业解决好用气、用水、用电、用工及土地、资金等要素保障问题，用心精准服务。企业家从干部用心服务中增强信心，实现了"围墙内的事企业自己干，围墙外的事政府帮助做"。同时，及时调整出台《招商引资项目工作奖励办法》，实施多种优惠政策、奖励办法，优先推荐优秀企业家成为"两代表一委员"，让优秀企业家参政议政，提高他们的社会地位，营造重商、

亲商、兴商的发展环境。针对企业家反映办事难问题，一方面，加快行政审批服务标准化建设，把"依法管理"转变为"依法扶持"，把"不行"转变为"怎么样才行"，建立企业审批、项目落地"绿色通道"，树立马上就办的作风，简化办事程序，实行"一体化""一站式"审批和当天办结；另一方面，严肃查处破坏经济发展环境的人和事，大力整治庸懒散拖、吃拿卡要、不作为、乱作为等不良习气，打造高效便捷的政务环境。

针对企业运营成本高的问题，长汀县委、县政府及时兑现政策，全额退还企业用地保证金；制定并实施税收奖励、厂房建设补助等政策；全面清理行政审批前置服务项目收费，对接落实取消纺织等行业的税收预警值管理规定；认真抓好前期谋划，争取更多项目获得国家专项建设基金扶持；加快汀州电商物流城和公路港等区域性物流项目建设，降低企业物流成本。

针对企业融资难、融资贵问题，建立应急还贷和政府性融资担保机制，成立长汀县企业融资担保有限公司，提高政银企对接实效，以应返还的土地出让金及耕地占用税为企业提供融资担保，并给予贴息，2015年以来，已帮助58家企业"过桥"还贷106笔10.38亿元，有效解决了企业前期建设资金不足问题。制定《长汀县中小微工业企业还贷应急资金暂行管理办法》，筹集应急资金5000万元，无偿帮助困难企业渡过难关。良好的服务和从商环境弥补了长汀发展短板，一批优秀企业纷纷在长汀"安营扎寨"。2016年7月29日，长汀10个项目集中开工，总投资22.5亿元。据统计，2016年1~9月，全县32个省市重点项目共完成投资52亿元，占年度计划的110.2%；53个省2014~2018年行动计划重大投资项目完成投资85.4亿元，占年度计划的98.5%。在赴京开展企业项目对接活动中，长汀县新签约项目12个，累计投资97.23亿元，总投资额在龙岩市综合排名第3。

　　长汀的发展体现了老区人民艰苦奋斗、迎难而上的精神，体现了一个山区县在纵深推进海峡西岸经济区建设中的责任感。雄关漫道真如铁，而今迈步从头越。承载着历史荣光、流淌着红色血脉的长汀儿女，正提振精气神、凝聚强大动力，为今后发展、腾飞再次出发。

第五章

滴水穿石

大美汀州 | 长汀映像

"滴水穿石"这句成语，告诉我们要做好工作就必须坚持不懈、持之以恒。"人一我十"，则要求我们发扬无私奉献精神，只要我们比别人多付出努力，就一定能实现我们的理想。长汀当时用这八个字作为水保宣传口号，体现了两点：一是客家人坚韧不拔、艰苦奋斗的精神和老区人民跟党一心，为革命敢于抛头颅、洒热血的老区精神；二是长汀人民的感恩之心，在山头绿起来的基础上，长汀人民知恩图报，弘扬全力发展绿色环保经济的奋进精神。近年来，长汀县委、县政府牢记习近平总书记"进则全胜，不进则退"的殷切嘱托，传承永不褪色的红色基因和对中国梦的不变追求，把创建生态县作为推进产业转型升级、激活经济社会发展活力、提升群众幸福指数的总抓手，大力实施"生态立县""环境优先"战略，带领全县人民着力实施"秀美汀江、生态农业、生态工业、生态林业、生态旅游、生态立县"六大生态工程建设，开启了创建国家生态县的新征程。

第一节
建堤治污 秀美汀江

　　长汀县城地势低洼，经常受到山洪的袭击。1996年8月8日，一场百年不遇的特大洪灾，给长汀人民造成了惨重的生命和财产损失，房屋倒塌、良田毁坏，名城处处变"泽国"，直接经济损失就达2亿多元。面对1996年"8·8"洪水的洗劫，长汀县委、县政府痛定思痛，立足防大汛、抗大灾，把城防工程视为"生命工程、功德工程"。在省委、省政府的关心支持下，长汀城区防洪堤建设被列为福建省大江大河治理工程之一，成为省委、省政府为民办实事的重点项目。工程包括兴建防洪堤2042公里，新建排涝泵站5座、水闸5座、旱闸6座、涵闸9座，总工程量16154万立方米，总投资7957万元，是福建省县级城防工程中投资最大、堤线最长、设计最复杂的工程之一。

　　长汀县在城防建设中，统筹规划，综合开发，不把城市防洪建设看作"单打项目"，而是把一个水利建设工程变成集防洪、城建、交通、绿化、旅游、商贸等诸多功能于一体的综合治理建设项目，实现了总体效益。城防建设不但建起了坚固的20.6公里长的堤防，而且建起了一个个环境优美的商住小区，一块块绿意盎然的绿地草坪和临江飞檐的亭台、一条条宽阔平坦的临江大道，形成了长汀又一道亮丽的风景线，提高了城市品位。

坚固屏障保安全。城区防洪工程的建设，使长汀县城防洪标准大大提高。1999年"5·26"洪水来袭时，长汀城区观音桥水文站洪峰水位达5.34米，超过危险水位0.84米，长汀县汀州镇中心坝段水位比地面高0.6米以上。堤外洪水汹涌，堤内安然无恙，大堤发挥了极大的社会、经济效益。老百姓深有感触地说：防洪堤建设，利在当代，功在千秋，是共产党建在人民心中的一块丰碑。

在兴建城区防洪堤的同时，长汀县不等不靠，大力实施烟草行业援建水源性工程，先后筹资3.22亿元，整治5条中小河流河道18.82公里，新建乡镇防洪堤42.03公里，建成各类水利工程5307处，使长汀城乡防洪标准从原来的3年一遇提高到20年一遇。加上逐步配套完善的防汛减灾管理体系，全县的防汛指挥和防洪减灾能力得到进一步提高，人民群众的生命财产得到有效保障。

在早期革命家何叔衡烈士英勇就义的福建省长汀县濯田镇，有一项由长汀县投资377万元、奋战90天修复的福建省最大烟基改造工程——千工陂，该工程绵延18.6公里，被2.6万濯田镇受益农民称为"渠相连、路相通、旱能灌、涝能排"的"生命渠"，流经16个行政村，盘绕在1.42万亩农田里，蔚为壮观。长汀县濯田镇副镇长张峻标对改造前的千工陂印象深刻："千工陂始建于国民党时期，1954年进行扩建，引进汀江最大支流濯田河水，总灌溉面积为1.01万多亩，是当时全市最大的灌溉设施之一。1964年进行过一次大规模维修保护。但是，由于运行年久，投入较小，建设标准较低，所以它的保灌功能逐年萎缩，渠道水量逐年减少，防洪抗灾能力逐年减弱，稍遇干旱就会造成下游3000多亩农田严重缺水。老百姓和我们党委、政府都期盼有个机会对它进行改造。"

俗话说：百姓心中有杆秤。长汀县濯田镇莲湖村原党支部书记、全国种粮大户兰土基深有感触："千工陂以前年久失修，基本上没有水。过去莲湖村1500亩农田，只有400亩可以灌溉。现在不但莲湖村全部可以灌溉，而且南安、陈屋水源可以全部解决。"

长汀县濯田镇下洋村过去碰上雨天难排水，晴上三天又难灌水。千工陂改造工程竣工后，该村烤烟种植面积迅速扩大到 1000 亩，成为远近闻名的烤烟示范区。下洋村党支部书记王建林说："现在水也足了，排灌这一块也很好，现在整片都是种两季，上半年种烟，下半年种稻米，一点都不会感觉水不够用，大家都很满意。"

千工陂改造工程的实施，带动了长汀县濯田镇农业的快速发展。据濯田镇领导介绍，通过这个改造，保灌功能得到很大改善，改善灌溉面积 4000 多亩，增加种烟 1100 多亩。这项民生工程，利在当代，功在千秋。

为让汀江水更清，长汀县以突破环境难题为抓手，深入贯彻落实《福建省人民政府办公厅关于贯彻落实生猪养殖面源污染防治工作六条措施的实施意见》（闽政办〔2014〕158 号），编制了《长汀县 2015 年生猪养殖污染专项整治工作方案》，强力推进汀江河沿岸的生猪养殖业治理。2015 年投入"以奖代补"资金 2215 万元，禁养区养殖场关闭拆除 339 户，削减生猪 6.4 万头，拆除面积 13 万平方米，全面完成禁养区内畜禽养殖场年度拆除任务；2016 年 9 月 23 日，长汀县河田镇寒坊村猪场业主罗马木生 10 栋 2300 多平方米的猪舍进行了一次性拆除，其他的 23 户猪场业主也都在进行自行拆除，共计 13766 平方米，其中 500 平方米以上的 5个猪舍共 7857 平方米。长汀县河田镇分管领导吴传毓介绍："河田镇在生猪养殖污染专项整治中，首先加大宣传力度，广泛宣传生猪养殖污染的危害，提高养殖户的环保责任意识，变'要我拆'，为'我要拆'，积极签订拆除协议，主动拆除猪舍；其次部门联动，严格执法，对违反相关法律、法规的养殖户进行惩处，震慑了违规养殖户的行为。通过这些措施的实施，有力推进了全镇生猪养殖污染专项整治工作。"目前，汀江河沿岸生猪限养区内存栏 250 头以下、未提出改造方案的养殖户已关闭

● 秀美汀江

拆除 337 户，削减生猪 4.57 万头，关闭拆除面积 9.15 万平方米。与此同时，长汀县水利、环保等部门成立专业队，负责清理汀江城区河段环境；对汀江上游禁采区的 5 家无证采沙场依法予以取缔；检查"十五小"企业，拆除 3 个香菇种植棚，3 家小型土法炼油厂；关闭了 23 家无证小造纸厂。长汀县政府还投入巨资，开展湖泊管理体制机制创新试点，在全省率先推行小水电站退出机制，实施环境综合整治、中小河流治理、兴建水源涵养林、汀江流域水环境补偿项目等美化汀江工程。重点流域水质明显改善，全县 3 个地表水省控断面的水质均达到相应的水环境功能区要求，达标率均为 100%。经过多年奋战，汀江河水逐年变清，秀美汀江初现轮廓。

第二节
生态农业　高效推进

　　按照"生态、高效、优质、安全"的要求，长汀县以发展有机、绿色、无公害农产品作为生态农业的重点，培育了盼盼食品、远山农业这两个国家扶贫龙头企业和 10 家市级龙头企业，引进省级重点农业产业化项目——森辉公司"长汀现代农业生态养殖示范园"，建立了一批包括远山生猪、远山河田鸡、油茶、杨梅、银杏、槟榔芋等在内的生态农业示范基地，播种面积、产量、产值均比往年有大幅度提高。通过高效推进土壤有机肥提升项目，大幅降低了化肥的投入，减少了生产成本，控制了农业面源污染。农产品认证工作和生态农业示范基地建设也取得了显著成效：全县共有 24 个种植业农产品先后被认定为有机、绿色及无公害农产品，种植面积 53.66 万亩，占全县农作物种植总面积 87.97 万亩的 61%。有机、绿色及无公害、地理标志食品总产量达 39.79 万吨，销售产值 9.99 亿元。与此同时，长汀县农业部门通过推广现代测土配方施肥技术，构建生态农业体系，重点扶持果蔬生产和生态型畜禽水产规模养殖，大力发展休闲观光农业，有效提升了生态农业的发展水平。长汀县畜牧水产部门与厦门海洋职业技术学院专家合作，在汀江河开展大刺鳅人工繁育试验，累计繁育大刺鳅鱼苗近一万尾。

　　长汀县还结合社会主义新农村建设，在水土流失区开展创建"生态农家小院"活动，通过发展绿色经济来提高百姓收入。如发展名特优经济林；推广林下套种金银花、黄栀子、蓝莓、黄花菜、草珊瑚、菊花、山樱花等经济作物。长汀县三洲镇蓝坊村就是当年的示范点。走进蓝坊村村民付成群的"生态农家小院"，可以看到庭院里种了花草，周围有许多果树，卫生间贴上了漂亮的瓷砖，庭院一角有一个20多平方米的牲畜圈，养了不少鸡、鸭。长汀县水保局副局长刘洪生介绍："生态农家小院就是把社会主义新农村建设与水土流失综合治理结合起来，推出的一种生态治理模式，让农户进行养殖、种植并建设沼气池，沼气池达到一定规模以后，我们水保局予以一定的生态补助，让农民通过这个生态建设促进水土流失治理。"

生态农业让水源得到涵养，稻田变成了粮仓，长汀县河田镇种粮大户李文孙说："现在田肥水足，种粮效益也比以前高了。以前这块土地，水稻都长不好，现在能够种双季稻，亩产在1200斤以上。"河田镇板栗种植大户赖金养的千亩果园里，不仅种上了热带水果百香果，还仿野生种起了对生长环境有着苛刻要求的名贵中药材铁皮石斛。赖金养说："水土流失治理好了，生态各方面都好了。林子里，地下有灵芝，中间树干有（铁皮）石斛，还可以养鸡。"

长汀县古城镇梁坑村，每片林地都摆着一个个大花盆，栽着奇特的植物，数一数，每亩地里大约100盆。村民华庚生小心翼翼地挖出一株，只见长长的根须上结着一颗颗小球，当地群众给它起了个别名：金线吊葫芦。华庚生说："它叫三叶青，一种中药。这种花盆叫控根容器，根须一碰它的壁，就能结出小球——值钱的就是这些小球，每盆一季结二三两，每斤价格1200元。"

长汀县四都镇在加大环境保护力度的同时，大力发展"六基地"，打造四都生态新模式。"六基地"包括花卉苗木基地、溪口村的姜黄基地、渔溪村的河田鸡养殖基地、上坪村的药材基地和溪口村的竹荪基地等。

目前全镇建有花卉苗木基地 1100 多亩，主要分布在同仁、红都、渔溪、谢坊等村，发展兰花、茶花、桂花、红豆杉等花卉苗木。走出了一条"不砍树，也致富"的新路子。据元仕花卉专业合作社社长廖炎士介绍，合作社于 2013 年成立，按照"合作社＋基地＋贫困户＋市场"的产业扶贫新思路，建立了贫困农户、合作社利益联结共同体。现有社员 112 人，吸收 21 户贫困户，带动周边红山、古城等 6 个乡镇 200 多农户群众发展种植兰花。目前，已在同仁村神堂背租赁山场林下种植兰花 100 亩，山下大棚种植兰花 50 亩，成为农民增收的一大亮点。说起兰花带来的经济效益，廖社长的脸上洋溢着喜悦："兰花在松林野生环境下非常适合生长。刨去种植成本，每亩林下兰花产值 10.5 万 ~17.5 万元，纯收入就高达 6 万 ~10 万元！"兰花产量上去了，村民的腰包鼓了，在"互联网 +"春风的吹动下，廖炎士又将致富的目光投向了电商，围绕"电商＋兰花"的销售模式，结合同仁村淘宝服务站，合作社实现了线上和线下两级联动交易，目前，已上传到网页的兰花多达 30 多个品种，网上月平均销售额达 3 万多元。2014 年，长汀县四都镇被授予国家级生态镇称号，归龙山家庭农场被评为市级示范家庭农场，元仕花卉专业合作社被评为龙岩市科普惠农行动计划先进单位，2014 年实现林下经济年产值达 2.05 亿元，比 2013 年的 1.62 亿元增长 26.54%。

据统计，长汀源于青山绿水所创造出来的观光农业等现代农业，已让当地农民人均可支配收入每年增长超过 10%。

第三节
生态工业 成绩显著

2012 年以来，长汀县主动应对经济新常态，大力发展新型工业，做大做强生态工业。通过技术创新、转型升级、"腾笼换鸟"等政策措施，帮助企业做大做强。三年时间，全县共有龙强机械、宏伟织造、正闽钢圈等 29 家企业嫁接转让，资产盘活，衍生了安踏二期、天乐卫生用品等一大批省市重点项目。金龙稀土钕铁硼生产项目的建成带动了长汀稀土产业向精深加工方向发展。飞驰机械入选福建省科技小巨人领军企业，即将在"新三板"上市。中意铁科新增自主研发高铁地铁系列防水材料，是福建省首家通过铁路总公司和交通部入围认证的企业。长汀盼盼食品饮料二厂成为长汀产业转型升级的典范。该项目占地 97 亩，新建厂房 8 万平方米，计划投资 10.4 亿元，引进国内外先进的饮料、食品等专业设备 25 台套，项目全面建成后可年生产多种类饮料 20 万吨、烘焙膨化食品 5 万吨。2016 年 10 月，该项目利用原来厂房改造装修的手撕面包车间正式投产，预计年产量 3000 吨、年产值 8000 万元。长汀盼盼食品饮料二厂手撕面包车间主任任金洪介绍："现在新上的这条生产线，是国际上最先进、自动化程度很高的生产线。以前，我们一个车间要用工 100 多人，现在不到 30 人。人员减少了，产品质量、效率更高。生产出来的这个手撕面包，外观好看，口感纯正。"

福建省得力机电有限公司是一家拥有 10 项国家专利技术的高新技术企业，公司自主研发的原木多片开料机远销俄罗斯和东南亚各国，成为国内木工机械的标杆企业。在政府创新创优行动计划的激励下，2016 年公司通过增加研发投入、淘汰传统机床、推行以机换人等措施，实现第三季度产值营销额同比增长 20%，而生产成本却下降 15% 的目标。公司副总经理曾繁贵说："我们公司的主营产品，它的技术来源都是属于我们公司，我们有自主知识产权。产品主要发往国内北方市场集散地满洲里，以及国外的俄罗斯市场，还发往跟俄罗斯相邻的其他十几个国家和地区。无论在国内还是在国外，经过客户的实际使用，非常受欢迎。"

为推动生态工业加快崛起，长汀县以建设高标准生态工业园为目标，重点引进上规模、低耗能、轻污染、高效益的项目和产业，形成了以纺织服装、机械电子、稀土精深加工、农副产品深加工、电子商务为主导产业的产业集群，龙岩高新区长汀产业园区、福建（龙岩）稀土工业园区、晋江（长汀）工业园区基础设施不断完善，聚集作用进一步加强。仅产业园腾飞工业区，就有 79 家规模以上纺织企业落户。长汀纺织产业被列为福建省重点培育的 5 个海西纺织产业集群之一。

与此同时，长汀县对入驻企业实行环保"一票否决"制，确保经济与环境保护协调发展。第一，坚决淘汰和拒绝"十五小"和新"五小"污染企业。自开展生态县建设以来，关闭拆除 5 家落后水泥生产企业，淘汰落后产能 36 万吨；淘汰拆除瑞华纸业 6 条生产线及黄板纸厂 3 条落后生产线，累计淘汰落后造纸产能 3.6 万吨。第二，建立环保巡查制度，严格落实企业污染防治工作。坚持依法从严控制工业企业污染物排放，督促企业治理设施正常运行，确保稳定达标排放。对违法排污、群众反映强烈的违法企业实行严厉处罚。2015 年，出动执法人员约 486 人（次），共检查排污单位 303 家（次），检查环保设施 398（套）次，发出环境违法行为限期改正通知书 29 份、责令改正违法行为决定书 78 份，实施行政处罚 9 起，查封环境违法企业 17 家，依据新《环境保护法》对超标排污企业做出了限制生产决定 3 起、按日连续处罚 1 起、移送公安刑事立案 1 起、移送公安机关行政拘留 2 起、支持起诉全国首例畜禽养殖污染环境公益诉讼案 1 起，取缔无证照企业、作坊 44 家，使工业生产污染源得到有效控制。第三，积极开展强制性清洁生产审核，发展循环经济。有 5 家企业通过了清洁生产评估，其中盼盼食品有限公司、金龙稀土有限公司通过了验收。第四，积极引导企业实施节能降耗、技术更新和设备改造，构建集约发展、资源节约、绿色环保的生态工业体系，对建材、化工、造纸、纺织、稀土、食品等节能重点企业，制定节能方案，开展技术改造、淘汰落后产能、实施清洁生产、落实节能减排，形成了纺织服装、机械电子、稀土精深加工、农副产品深加工为主导产业的节能工业发展模式。近三年内，万元工业增加值能耗分别下降 18.9%、6.1%、10.9%。单位工业增加值新鲜水耗 3.1 立方米 / 万元，工业固体废物处置利用率达 100%。工业园区发展生态工业呈现从过去以"快"为主向以"优"为先转变的良好局面。

好生态"生"出好产业。为推动产业总量和结构进一步优化，医疗器械产业被长汀县委、县政府列入长汀县"十三五"规划，确定为重点产业发展的突破口和主攻方向。长汀为什么将医疗器械产业作为重点产业？县委书记廖深洪说："国外药跟械的比是 1 比 1，我们中国是 4 到 5 比 1，是药多器械少，医疗器械产业从发展的趋势来说是朝阳产业，未来市场不可限量。"虽然万事开头难，长汀的医疗器械产业必须从零做起，但廖深洪坚信这个路子，并下定了决心。他说："我们只要是认准了一个方向，就不怕困难，迎难而上，这也是老区长征精神的充分体现。"

2016 年以来，县委书记廖深洪带着长汀县领导班子多次访问全国医疗器械产业发展较好的河北省，实地考察石家庄亿生堂医用品有限公司等企业，并带领产业招商组在当地召开专门的招商会，介绍长汀的主要优势——生态环境。廖深洪说："医疗器械是要进入人体，那么它对环境的要求就比较高，长汀的生态好，同样的技术水平，在长汀生产出来的就要好得多。"

为发展医疗器械产业，长汀规划建设医疗器械产业园，设立产业发展基金，截至目前，已先后引进 6 家医疗器械产业企业，其中康博取得了一类、二类产品生产许可证以及 CE 认证，2016 年 5 月投产；润康取得了两个一类产品生产许可证，2016 年 5 月试生产；铭生 2016 年 10 月投产，华烨、泰美瑞、中德科创 2017 年底投产。此外，还有 8 家有意向落户的企业正在洽谈。

医疗器械产业发展在长汀实现"零突破"，只是良好生态转为发展红利的一个缩影。实际上，依托良好的自然环境，绿色经济已经在长汀发展得如火如荼。

第四节
生态林业 贵在实干

　　长汀各级党委、政府在治理水土流失取得阶段性成效的基础上，把发展"生态林业"作为巩固水土流失治理成果的"基础工程"，把工作着力点放在凝聚民心、发挥民智、调动民力上，尊重群众的首创精神，集聚全县人民的合力，加快建设高效林业产业，实现兴林富民。通过实施生态公益林保护工程、生物多样性保护工程、森林防灾减灾工程，加大封山育林力度，加大汀江国家湿地公园、汀江源国家级自然保护区建设力度，大力发展水源涵养林，夯实生态保障，有效保护国土生态空间，提升生态服务功能。目前，全县封山育林面积达 210 万亩，生态公益林面积达 116.53 万亩，新增国家级自然保护区 1 个 15.57 万亩、国家湿地公园 1 处 0.89 万亩，设立保护小区 27 个 25.1 万亩，全县湿地面积达 3.82 万亩。与此同时，各级党委、政府坚持改善生态与改善民生相结合，大力扶持林下经济、森林旅游等特色富民产业，促进绿色增长和农民增收。到 2015 年底，林下经济种植面积达 155 万亩，全县农民人均林业纯收入达 2780 元，增长 6.9%；2016 年前三季度，全县林下经济产值达 15.7 亿元，参与农户逾 2 万户，授牌"森林人家" 8 家，长汀走出了一条具有特色的水土保持及林业生态建设之路。

　　解读长汀发展"生态林业"的历程，让人们感受深刻的是苦干实干精神。

正如人民日报社福建分社采编部主任赵鹏所说，长汀县治荒最大的经验是，十多年来一直咬牙坚持、努力拼搏，这既是经验也是一种精神，难能可贵。

为了改造生态环境，几十年来，长汀人民投入了大量的人力、物力。许多当年治荒的"愚公"们，如今黑发变白发，"愚公"们老了，可喜的是，他们的儿女们，不少舍弃城里的生活，返回家乡，传承了父辈的苦干实干精神，成了人们口中的"绿二代"。长汀县三洲镇戴坊村远近闻名的种树能手——"断臂铁人"兰林金，一个人种绿了一座山。原本在广州打工的儿子一家，看到父亲的治山工程越做越大，2014 年毅然放弃每月近万元的工作，回乡和父亲一起治山。如今老兰的孙女出生了，兰林金现在最大的心愿，就是有一天带着孙女上山，去看看那同样长高、长密、长绿的油茶林……

十多年前，长汀青年俞永祥的父亲和母亲在河田项公亭山上承包了 500 亩山场，成了水土治理的草根英雄，母亲的黑发却换了银丝。2006 年，父亲不幸去世了，母亲一个人挑起了治理荒山的重担。2011 年，俞永祥从大学毕业，在厦门找到了一份不错的工作，每个月有一万多元的薪水。但俞永祥心里还是一直挂念着长汀家中的母亲，放弃了高薪，回到项公亭山上，挑起了果园猪场管理的重担。俞永祥说："回来帮助母亲打理果园猪场，干了一段时间感觉很累，就来到中复村了解红军事迹，当年红军在松毛岭打了七天七夜阻击战，长征也是从这里出发。我也要耐得住寂寞，经得住打击。" 2012 年 8 月，福建板栗大面积滞销。眼看着板栗堆在仓库里一天天烂掉，不愿意墨守成规的俞永祥，酝酿着一个大计划——把板栗卖到广东省价格最高的梅州。

到了广东，人生地不熟，市场里好多卖板栗的，俞永祥要怎么把自家的板栗推销出去呢？长汀的板栗是以果肉为金黄色而闻名的。俞永祥特地去借了一个电磁炉，烧开了水拿板栗来煮，煮开之后露出里面的果肉，证明自己的板栗是正宗的长汀出品。板栗瞬间就被抢购一空。除了板栗，这位"绿二代"雄心勃勃地弄起了灵芝。俞永祥说："现在人们称我是'绿二代'，我很喜欢这个称号，既然是'绿二代'，就要有新事业。2014 年，我和水保部门合作，在板栗树下套种了 500 株黄栀子、15 亩的铁皮石斛和灵芝，这些产品的市场销路还不错。从我的父辈到我这一代，经过几十年打理，终于把这片荒山治理好了。其实这是滴水穿石的长汀精神对我这一代的影响。今后我会把这种精神发扬传承下去。"

山绿起来以后，如何让山美起来，实现山林生态系统最稳定的固水保土保肥功能？汀江国家湿地公园就能够起到生态自我修复的功能。长汀以三洲镇为中心，将附近 3 个乡镇 12 个行政村的 590.9 公顷地域全部划入湿地保护范围。通过补植阔叶树种等手段，提升生物多样性，为野生动物提供栖息场所。长汀县三洲镇党委书记廖飞介绍："湿地公园周边的这一大片原来就是寸草不生的火焰山，现在山上花果满山，山下花草连片，水里还有很多国家级保护动物。"在湿地公园周边，是三洲万亩杨梅基地。1993 年，当地林业科技人员为了寻找一条生态建设与农民增收双赢的水土治理之路，在水土流失最严重的荒山上试种杨梅，同时以政府补助的形式，鼓励群众开发荒山、上山种树。全镇共种植杨梅 12260 亩，成为海峡西岸连片种植杨梅面积最大的乡镇。杨梅种植大户户主说："（我）种了 600 多亩（杨梅），发展果树，第一个是增加收入，第二个山上绿化起来，减少水土流失，气候也改变了。利国也利民，又利己。"

为了让百姓共享绿色美景的成果，2012 年长汀县开始实施森林进城、公园下乡工程，改造了南屏山、卧龙山森林公园，兆征路，高速路连接线，汀州大道，稀土大道，腾飞开发区等绿化景观。与此同时，长汀县以"创建绿色家园，建设美丽新村"为载体，引导广大农民种植乡土树种和珍贵树种，建设乡村生态景观林和乡镇森林公园。确保 17 个乡镇和 70% 以上的村庄至少有一处公园绿地，人均公园绿地达 5.5 平方米以上，每个乡镇 50% 的村保存有长势良好并连成一片的风景林。其中，长汀县南山镇已建成 630 亩的油茶公园、300 亩的桂花公园、1000 亩的柑橘公园。公园管理者蔡有富感慨地说："如今每天清晨、傍晚，油茶公园已成为百姓散步、休闲的好去处。"长汀县策武镇南坑村昔日为严重水土流失区，

● 汀江国家湿地公园

如今全村 1 万多亩荒山全部绿化，种上银杏和各类果树 7000 多亩，成为青山绿水、新宅幢幢的旅游胜地。2013 年，长汀县被授予"福建省森林县城"荣誉称号，成为龙岩市首个省级森林县城。

2015 年 3 月 11 日上午，电视剧《永不褪色的家园》女主人公原型、长汀县策武镇南坑村党支部书记沈腾香家里热闹非凡，当地村民、干部群众和曾经参与拍摄的部分演职人员欢聚在一起，兴致勃勃地观看央视八套首播的电视剧《永不褪色的家园》。沈腾香一边观看一边兴奋地说："今天《永不褪色的家园》电视剧开播了，我看了感到非常高兴，也很亲切！因为剧里面的情节、故事就是反映我们长汀治理水土流失'滴水穿石，人一我十'这种精神的，这也是对我们'长汀经验'的一种宣传。"

第五节
生态旅游 长汀特色

　　一江碧水穿城过，十里青山伴名城。秀美的汀江，像一条天蓝色的长绸，轻盈地在汀州古城中央飘拂而去，构成千年古城绝美的江景。毛泽东诗词"红旗越过汀江"，说的就是这条河。站在江边，眺望卧龙山，可见青山绿水、奇石老树、亭台楼阁……说不出的秀美和灵气。城的四周，有一座依山沿河修筑的青色古城墙，把半座卧龙山圈进城内，构成了挂壁城池，形成城内有山、山中有城的独特格局，让人流连忘返。古人曾用"一川远汇三溪水，千嶂深围四面城"来形容长汀之美。历史悠久的文物古迹、风格鲜明的客家民居、纵横交错的传统街区，赋予了长汀这座客家历史文化名城无限的魅力和独特的客家神韵。近年来，长汀县充分发挥国家文化名城、客家首府、红军故乡、全国水土保持先进县的优势，认真贯彻落实党的十八大关于生态文明建设的战略部署和习近平总书记重要批示精神，在国家有关部委及省、市各级各部门的关心重视和大力支持下，成立长汀县旅游产业工作领导小组，编制《长汀历史文化名城保护规划》《长汀古城保护与旅游发展概念规划》《长汀历史街区控制性详细规划》《长汀县旅游产业与水土流失治理区融合发展工作方案》，在全省率先出台《长汀县传统古村落保护与管理实施纲要》。着力构建富有长汀特色的生态旅游体系，形成了以生态旅游为龙头，以红色旅游为特色，以历史文化为内涵，以绿色文化为灵魂，以生态旅游线和文化旅游线为主干的总体格局。历经几年努力，长汀旅游产业发展实现新跨越：依托河田、三洲、策武等乡镇水土流失治理和生态建设的品牌示范优势，累计投入15亿元资金，推进生态资源与乡村旅游融合发展。一是推进乡村旅游项目建设。河田水土保持科教园完成景观提升及路网建设；三洲镇按旅游名镇的要求，进一步做好了湿地公园、万亩杨梅基地、历史文化名村、购物一条街的打造，建成三洲汀江国家湿地公园核心区及河田—三洲生态景观道路，三洲河滩公园建设正在推进中；策武南坑客家天地已经完成水景走廊、水乡渔村、民俗广场和部分民房立面改建工程等，一个集旅游观光、休闲、餐饮、水陆运动、垂钓为一体的具有美丽田园风光的旅游景区初步形成，郁郁葱葱的银杏、荷叶连连的池塘、干净整洁的村舍、总长7.6公里的生态绿道让游人沉醉其中。二是促进乡村旅游转型升级。目前已有13户海峡客家示范户、2家三星级乡村旅游经营单位、6家中国金牌农家乐。三是提升乡村旅游节庆品牌。结合当地特点，提升节庆品质，重点打造葡萄采摘节、杨梅采摘节等一系列乡村旅游节庆活动。

同时，长汀休闲旅游区开发建设也取得较大进展。2014年，庵杰乡"天下客家第一漂"项目完成一期工程并进入开漂营业阶段，新桥镇山水游逸园漂流项目也已开漂营业，两个漂流项目的打造，使休闲旅游区建设取得实质性突破，游客大幅增长，充分凸显了生态文化与旅游深度融合打造的新成果。此外，四都归龙山景区已经完成游步道、安全护栏和木鱼山木栈道等建设；大同新庄客家生态休闲项目已完成第一期星级酒店、接待中心主体工程和外墙装修。坪埔村、中复村、三洲村、苏竹村入选国家级历史古村落名录，汤屋村、彭坊村、水头村、丁黄村入选福建省第一批省级传统村落名录，羊牯乡和中复村、涵前村、翠峰村、汤屋村、彭坊村入选第二批省级特色景观旅游名镇名村名单，丁屋岭和三洲村被评为闽西最美古村落。建成南屏山、卧龙山两个省级风景名胜区，开发建设了红军长征第一村、三洲杨梅山庄、余陂生态园、九曲山庄农家乐等一批旅游产品。"一江两岸"景观修复工程已经完成沿江步栈道基础工程，太平双廊桥和一期工程中的西岸牌楼、长廊、亭台及停车场工程等。群龙山庄、梅花山庄等7家农家乐被评为海峡客家乡村旅游示范户。龙门景区农家乐和南坑客家天地三星级乡村旅游经营单位创建工作已通过省级验收。

如今，美丽的绿色家园不断回馈朴实的人们，"既要金山银山，又要绿水青山，绿水青山就是金山银山"，长汀的发展生动诠释了习近平总书记这句话所蕴含的丰富哲理。长汀县庵杰乡涵前村，有全省独一无二的江河穿洞天工造化之美景，被称为"龙门"。依托龙门生态美景，庵杰乡开辟了摸鱼虾、拾河螺、挖竹笋、探溶洞、赏荷摘莲、石磨豆腐、观光茶园、竹筏漂流等游乐项目。原本在外打工的罗远金看到这情景，毅然投资300多万元兴建"龙门食府"，旅游旺季时，一天接待10多桌客人，20个房间全住满。老板罗远金高兴得合不拢嘴："周末我们这里的客人很多，乡村美了，农家乐也火了！"涵前村村主任苏丁忠说："我们村今年的游客同比增加了一倍，去年村民人均纯收入增加2000多元。"不久前，这个坐落于汀江源头的山村刚刚通过"国家级生态村"验收，正在继续演绎新时代的"鲤鱼跳龙门"美丽传说。

长汀县大同镇翠峰村以城乡一体化建设为契机，把翠峰建成生态健康休闲运动区，投资建设环山自行车道、透水砖游步道、田间观光道，实施村主干道绿化工程，"动感翠峰"已见雏形，将成为城里人下乡休闲运动的好去处。2016年6月，村里"天下客家第一漂"旅游项目正式启动，随着乡村旅游业的发展，村民将越来越富。

2016年国庆假期，地处长汀县三洲镇的汀江国家湿地公园，每天都吸引上千名游客前来。从三明来的游客说："我们一家子来这里旅游，感觉这里挺好的，有山有水，湖光山色，空气又好。"众多游客表示：平时

● "一江两岸"景观

● 庵杰乡龙门生态美景

在城市时上班节奏比较快，来到这里可以全身心地放松，感受这里的山美，水美，人更美，心情非常愉悦。

特色景观旅游名村建设，使长汀县童坊镇古村落彭坊火了。原本破旧的古街修葺一新，整治后的河道变清了，开发了龙床寨、广福院、菩萨树等旅游线路，吸引不少古建筑学家、历史学家和摄影爱好者、游客前来观光旅游。特别是央视《远方的家》摄制组前来拍摄"刻纸龙灯古文化"，使彭坊声名大噪，2016年正月十三到十五，彭坊人潮涌动，三条龙灯闹元宵，成为游客向往之地。

随着旅游综合配套设施逐步完善，旅游精品线路加快形成，生态优势正日益成为长汀旅游的后发优势。2015年长汀县旅游接待人数达180万人次，比2014年增长15%；实现旅游总收入17亿元，同比增长19%。2012年以来，长汀先后被评为全国水土保持生态文明县、全国科技进步县和优秀旅游县。全县旅游与生态环境承载力实现了双适应、双和谐、双发展。

第六节
生态立县 宜居长汀

长汀县委、县政府充分认识到生态是长汀的立县之本、发展之基，是长汀最核心的竞争优势，始终把生态县建设作为一项重要的政治责任、社会责任和历史责任，立足当前、着眼长远、突出重点、狠抓落实，举生态旗、走生态路、创生态业。特别是党的十八大以来，认真贯彻落实党中央提出的经济、政治、文化、社会以及生态文明"五位一体"的发展布局，牢记习总书记"进则全胜，不进则退"的嘱托，按照"一个方向"，即走向社会主义生态文明新时代，"一条路径"，即加快"荒山——绿洲——生态家园"的转变，"一种精神"，即"滴水穿石，人一我十"的长汀精神，充分发挥生态区位优势，采取多项举措，扎实推进生态县建设。

首先，以生态规划为先导，全面夯实政策和技术支撑。长汀准确把握生态县建设内涵，正确处理"金山银山"和"绿水青山"的关系，找准科学发展与发挥生态优势的结合点，强化"政府引领，规划先行，专家指导，社会参与"措施，结合实际确定生态的可持续发展战略、发展目标、发展思路。2011年组织专家高起点编制了《长汀县生态县建设实施方案》《长汀县生态县建设规划（2011—2020年）》《汀江生态走廊建设总体规划》《长汀生态文明示范县建设规划》，经过省环保厅评审，由县人大审议批准实施。长汀形成了科学、系统、配套的生态创建规划体系，为集全县之力，采取整体规划、分步实施、逐步推广奠定了坚实基础。

其次，以争取扶持为契机，不断完善环保基础设施建设。紧紧抓住中央、省、市加大对长汀水土流失治理和生态建设扶持力度的契机，深入研究政策，积极做好项目策划、生成、对接、落地等工作。一是投资7352万元建设长汀污水处理厂，累计铺设污水收集管网70公里，日处理污水4万吨。二是投资4906万元兴建无害化垃圾处理场，日处理生活垃圾180吨，使城区生活垃圾全部得到无害化处理。三是投入约1.7亿元，对城区破旧道路进行重铺、改造，开展城区景观整治，加大城镇绿地建设力度，完善了城区的基础设施。四是建立县城及乡镇饮用水源地保护区，加强水质监测与现场巡查。供水多年来，长汀县的自来水水质为龙岩市最优。饮用水源地的水质达地表水Ⅱ类标准，集中式饮用水源达标率为100%。

与此同时，全面推进社会主义新农村建设和农村环境连片综合整治，实施旧村改造，疏通排水沟渠，硬化道路，建设改水、改厕、改圈、建沼气池的"一池三改"沼气池2.2万多口；实行农村垃圾集中堆放、做到"村收集、乡转运、县处理"。截至目前，生活污水处理设施、生活垃圾处置设施已覆盖全县18个乡镇，其中生活污水处理设施156套、生活垃圾收集及转运设施1687套、饮用水源保护设施15套。项目的实施。完善了农村环保设施，改善了农村环境面貌，民众的环境保护意识得到进一步提升。

这些举措的实施效果显著。据统计，到2015年底，长汀县受保护地区占土地面积比例已达25%，全县区域化学需氧量排放强度、二氧化硫排放强度都不超过总量控制标准；城镇人均公共绿地面积达到12.25平方米，城镇生活污水集中处理率达到82.52%，城镇生活垃圾无害化处理率达96%，规模化畜禽养殖场粪便综合利用率达到85.20%；秸秆综合利用率达到92.6%。农村生活用能中清洁能源所占比例达到55.06%，村镇饮用水卫生合格率达97.31%，农村卫生厕所普及率达85.02%，全县生态环境质量明显提高，空气质量常年保持在国家环境空气质量二级标准之上。生态环境保护成效显著，全县森林覆盖率位居福建前列。市民对环境的满意率由 2009 年的 86.20% 提升至现在的 95.4%。

在创建国家级生态县的实践中，长汀人民亲身感受到保护生态环境的重要性，"参与环境保护、维护生态安全、杜绝人为破坏、建设美好家园"已经成为广大市民的自觉行动。全县 18 个乡镇中，有 17 个乡镇获得"福建省级生态乡镇"命名，15 个乡镇荣获国家级生态乡镇称号；63 个行政村获得"省级生态村"命名，192 个行政村获得"市级生态村"命名，38 个村荣获省级美丽乡村命名，5 个村荣获市级美丽乡村命名。长汀一中、长汀二中、长汀职业中专荣获福建省绿色学校称号，长汀县实验小学等 12 所学校荣获龙岩市绿色学校称号。

近年来，长汀县通过持续加大生态环境建设资金投入，建立健全组织推进、责任考核、执法监管、社会参与四大体系，重点落实"秀美汀江、生态农业、生态工业、生态林业"等六大生态工程建设，创建国家生态县工作取得明显成效。2012 年先后被授予"全国生态文明建设示范县和全国现代林业建设示范县""福建省生态县"荣誉称号；2016 年 6 月，环保部公布"中国生态文明奖先进集体"和"中国生态文明奖先进个人"名单，长汀生态县建设领导小组榜上有名，是全国 20 个、全省仅有的两个该类先进集体之一，也是全市唯一一个获此殊荣的先进集体；2016 年 10 月 25 日，长汀县顺利通过了国家生态县考核验收。

创建生态县，让长汀城乡面貌焕然一新，天更蓝了，山更绿了，水更清了，环境更美了。长汀这座千年古城能够重展新姿，追根溯源，除了客家人坚韧不拔、吃苦耐劳的优良传统，更重要的则是，红军年代传承下来的排除万难、不怕牺牲的精神已经在这片土地上扎下了根，生生不息地流淌在古城人民的血脉里，内化为水土流失治理乃至当地经济社会发展的强大动力。此外，长汀干群在多年水土流失治理过程中形成的"滴水穿石，人一我十"的精神，曾为长汀人民打赢生态战役提供了不竭的精神动力,也必将激励全县干群在建设"机制活、产业优、百姓富、生态美"的新长汀中,提神聚力、锲而不舍、持续奋斗,为建成一个"看得见山,望得见水,记得住乡愁"的新长汀,打造"长汀经验"升级版而不懈努力。

如今,这个以绿色作为发展坐标的城市,这个人与自然和谐发展的城市,如丹凤朝阳,正朝着绿色、健康、文明、创新、和谐的目标展翅升腾。

主要参考文献

冯秀珍：《客家文化大观》，经济日报出版社，2003。

蔡飞跃：《长汀古街寻美》，《散文百家》2015年第12期。

中国汀州客家研究中心编《中国历史文化名城——长汀·红军故乡》，厦门大学出版社，2010。

〔美〕艾格妮丝·史沫特莱：《伟大的道路》，梅念译，东方出版社，2005。

《长汀："红色小上海"》，《新华每日电讯》2011年5月18日第8版。

中共中央文献研究室编《毛泽东文集》第六卷，人民出版社，1999。

赖跃东、赵向红：《从红军被服厂到新型纺织基地》，福建人民广播电台新闻频道2016年10月"国庆专题"。

黄姚：《为了圆一个绿梦——长汀县三十年如一日成功治理水土流失纪实》，《福建日报》2012年5月15日讯；吴洪：《十年攻坚，绿回长汀》，《福建日报》2012年3月2日讯；黄如飞：《"长汀经验"有了升级版》，《福建日报》2013年4月18日讯；黄如飞：《长汀：美丽乡村释放生态红利》，《福建日报》2014年7月9日讯。

江方方、章微等：《"长汀经验"N个创新样本》，《海峡都市报》2012年1月31日讯；章微练等：《"长汀经验"三大法宝改善生态与改善民生同步》，《海峡都市报》2015年11月9日讯。

石飘芳：《中央、省级媒体记者报道长汀水土保持生态建设经验》，闽西新闻网2011年8月10日讯；石飘芳：《"红色小上海"：承载历史荣光续写发展华章》，闽西新闻网2016年7月31日讯。

吴德荣：《长汀"永不褪色的家园"推进旅游产业与水土流失治理

区融合发展显成效（图）》，福建旅游之窗 2015 年 3 月 13 日讯。

陈楠、师锐：《长汀打造基层医改"升级版"》，东南网 2015 年 8 月 17 日讯；黄如飞：《专访长汀县委书记廖深洪》，东南网 2016 年 9 月 25 日讯。

林世才、孔令敏：《福建长汀：放权激活卫生院》，健康网 2015 年 11 月 24 日讯。

罗震：《福建长汀：基层医改"三权"下放》，新华网 2015 年 4 月 15 日讯。

政协长汀县委员会文史资料委员会编印《长汀文史资料》第 13 辑，1987；第 15 辑，1989；第 18 辑，1990；第 22 辑，1993；第 32 辑，1998；第 35 辑，2001；第 37 辑，2003；第 38 辑，2005；第 39 辑，2006；第 40 辑，2009；第 43 辑，2012。内部资料。

后记

长汀是块神奇而又充满活力的热土,一千多年的历史沉淀孕育了丰富的客家文化,苦难辉煌铸就了厚重的红色基因。新中国成立后,特别是改革开放以来,在中国共产党的领导下,长汀客家儿女发扬"滴水穿石,人一我十"的长汀精神,以"进则全胜,不进则退"的大无畏的英雄气概,万众一心,奋力拼搏,披荆斩棘,治理水土,取得了辉煌成就,造就了美丽的生态文明。昔日的火焰山变成了花果山,荒山变成了绿洲,如今森林茂密,繁花似锦,瓜果飘香,实现了生态与产业齐飞,生态与民生并举。

"大美汀州"丛书的编纂工作正是基于此从2015年10月开始启动,终于付梓。值此纪念中国共产党成立100周年之际,谨以此丛书献给广大读者,以进一步弘扬中华优秀文化与中国共产党的优良传统和作风,不忘初心、继续前进,为实现中华民族伟大复兴的中国梦而努力。

丛书的编写是集体智慧的结晶。整套丛书的观点是参加讨论人员思想的相互碰撞、深入交流的成果。"大美汀州"系列丛书分为《历史名城》《客家首府》《红军故乡》《生态家园》《长汀映像》,各位作者分别从不同视角执笔撰写,诠释大美汀州。具体分工为:《历史名城》的主编为郭文桂,执行主编为李文生、张鸿祥;《客家首府》的主编为肖剑南，执行主编为李文生、付进林；《红军故乡》的主编为曹敏华、执行主编为李文生、张鸿祥；《生态家园》的主编为林红，执行主编为李文生、廖金璋；《长汀映像》的主编为叶志坚，执行主编为李文生、叶海文。

本书在编写过程中得到了许多领导的关心与支持，中共福建省委党校常务副校长陈雄指导了本丛书的撰写，副校长徐小杰组织教授专程来长汀共同探讨丛书的编写工作。中共长汀县委书记廖深洪、长汀县人民政府县长马水清十分关注丛书的编纂工作，提出要将这套丛书作为宣传长汀的一项重要工作来抓。具体由长汀县政协主席丘发添负责丛书的统筹协调，汀州客家联谊会会长李文生负责丛书的统筹和大纲的撰写。中共长汀县委党校、长汀县文体广电新闻出版局、汀州客家联谊会等单位为丛书的编纂提供了积极帮助。在此，让我们道一声：谢谢你们了！

我们尤为感谢福建省人大常委会原副主任谢先文和福建省人民政府副省长李德金倾情作序。

我们特别感谢社会科学文献出版社的编辑们对此丛书进行了认真的审阅，感谢他们辛勤的付出以及对本丛书写作和出版提供的大力支持。

长汀悠久的历史文化、璀璨的客家文化、光辉的红色文化、和谐的生态文化使"大美汀州"的映像呈现于世人面前，这是我们宝贵的精神财富，守护好这座精神家园是历史赋予我们的神圣职责。

由于我们的认知有限、经验不足，本丛书还有许多不足之处，期盼广大读者给予批评指正。

编者于长汀

图书在版编目（CIP）数据

长汀映像 / 叶志坚主编 . -- 北京：社会科学文献
出版社 , 2021.6
（大美汀州）
ISBN 978-7-5201-3002-8

Ⅰ . ①长… Ⅱ . ①叶… Ⅲ . ①新闻报道—作品集—中
国—当代 Ⅳ . ① I253

中国版本图书馆 CIP 数据核字 (2018) 第 143975 号

· 大美汀州 ·

长汀映像

主　　编 / 叶志坚
执行主编 / 李文生　叶海文

出 版 人 / 王利民
责任编辑 / 张建中

出　　版 / 社会科学文献出版社 · 政法传媒分社（010）59367156
　　　　　　地址：北京市北三环中路甲 29 号院华龙大厦　邮编：100029
　　　　　　网址：http://www.ssap.com.cn
发　　行 / 市场营销中心（010）59367081　　59367083
印　　装 / 北京盛通印刷股份有限公司

规　　格 / 开　本：787mm × 1092mm　1/16
　　　　　　印　张：10.25　字　数：131 千字
版　　次 / 2021 年 6 月第 1 版　2021 年 6 月第 1 次印刷
书　　号 / ISBN 978-7-5201-3002-8
定　　价 / 89.00 元